LE TESTAMENT D'ISSASARA

Jacques Lafarge
LE TESTAMENT D'ISSASARA

Roman

© 2018/2024 Jacques Lafarge
Édition : BoD • Books on Demand GmbH, In de Tarpen 42, 22848
Norderstedt (Allemagne)
Impression : Libri Plureos GmbH, Friedensallee 273, 22763
Hamburg (Allemagne)

ISBN : 978-2-3225-2183-8
Dépôt légal : août 2024

SOMMAIRE

PROLOGUE..7
THEODOSSIS..17
L'EXPLOSION..43
KEPHTI...63
ISSESSINAK...90
LE QUARTIER DAWO..117
FURUMARK..143
LA TRAQUE..171
ISSASARA...195
ÉPILOGUE..213

PROLOGUE

Le doigt suspendu au-dessus du bouton de la souris, Aristote Kondopoulos hésite une dernière fois avant de cliquer, avec un petit sourire de satisfaction, sur « Envoyer ». Il sait que son message se propagera bien au-delà du microcosme des spécialistes de la civilisation minoenne, chez tous les archéologues, historiens, sociologues et linguistes de la planète. Il faut dire qu'il a bien ménagé ses effets. Il s'est contenté d'écrire : « *J'ai le plaisir de vous informer qu'à la suite d'une découverte exceptionnelle sur le site d'Aghia Triada, nous avons été en mesure de lever le voile sur la plupart des grandes énigmes de la civilisation minoenne. Vous serez informés prochainement de la date et du lieu d'une conférence que nous ferons sur ce sujet.* »

§

Six mois plus tard, Aristote a insisté pour que sa communication se fasse à Santorin, au centre de congrès Petros Nomikos, pourtant beaucoup trop petit pour accueillir tous les scientifiques qui ne veulent en aucun cas rater l'événement. Il a affirmé que tout le monde comprendrait ce choix lors de son exposé. L'excitation des grandes dates de la science règne dans la salle de conférence pleine à craquer. Entre les difficultés techniques et les problèmes individuels qu'il a fallu régler à l'entrée, on a déjà plus de deux heures de retard. Beaucoup de gens sont debout ou même assis par terre mais personne ne proteste, trop heureux de pouvoir vivre l'événement en direct. Pour faire face à l'afflux de demandes, on a dû installer des retransmissions vidéo dans toutes les annexes du centre de conférences et organiser à la hâte des liaisons avec les hôtels de l'île qui disposent de moyens de projection.

Les portes de la grande salle se sont enfin fermées. Aristote vient s'installer au pupitre. Le silence se fait. Tandis que la lumière baisse, la première diapositive s'affiche derrière lui. À mesure que l'image devient lisible, un murmure remonte. Lorsque tout le monde peut lire clairement « BIENVENUE À HATTIARINA », le brouhaha est au paroxysme. Jubilant, Aristote commence comme si de rien n'était à égrener les sempiternelles phrases d'accueil et de remerciements auxquelles les conférenciers s'obligent avant leur exposé. D'habitude, personne n'écoute ces préliminaires. Ce jour-là, on ne les entend même pas. Aristote a toutes les peines du monde à calmer son auditoire.

– Bien ! Je crois qu'il est temps de mettre fin aux mystères si l'on veut éviter une émeute. Bienvenue à Hattiarina ! À lui seul, ce message vous résume les résultats extraordinaires auxquels nous sommes parvenus. Mesdames, messieurs, désormais nous savons quel nom se donnaient ceux que nous appelons les Minoens, nous savons comment ils appelaient leurs îles et leurs villes, nous connaissons leur langue, et nous savons même d'où ils sont venus.

On dirait un arrêt sur image. L'excitation a fait place à la sidération.

– Vous vous demandez comment un tel résultat est possible à partir d'une seule découverte. Alors voilà : il y a trois ans, je travaillais sur le site d'Aghia Triada. En essayant de dégager un pressoir à huile, j'ai découvert un pot caché dans le mur de l'atelier où je fouillais. Il était rempli de cendre de bois dans laquelle ont été parfaitement conservés six documents : deux papyrus et quatre tablettes d'argile.

– Les papyrus ont été datés entre 1550 et 1600 avant J.-C. Les tablettes sont des disques semblables à celui de Phaistos, un peu plus grands, avec un texte écrit en spirale sur les deux faces. Ils constituent l'ensemble dont nous avons tous rêvé : le même texte écrit en deux écritures, l'une connue, l'autre inconnue. En l'occurrence, deux disques sont écrits en linéaire A, en langue minoenne, les deux autres sont écrits en linéaire B, en grec archaïque.

Tout le monde comprend immédiatement qu'Aristote a réussi à déchiffrer le linéaire A, la fameuse écriture minoenne qui a toujours résisté aux meilleurs spécialistes. Les conversations démarrent aussitôt dans toute la salle.

– Je vois que je n'ai pas besoin de vous expliquer les premières conséquences de notre découverte. Effectivement, le texte des tablettes était suffisamment long pour que, grâce à la précieuse collaboration d'Yves Duguy, nous puissions établir les règles de déchiffrement du linéaire A. Les détails techniques de ce résultat remarquable vous seront présentés tout à l'heure, mais je voudrais d'abord expliquer pourquoi ces documents nous donnent tant d'informations sur les Minoens. Les tablettes d'argile et les papyrus ont le même auteur, en l'occurrence une femme. Les premières constituent ce qu'elle-même appelle son testament, tandis que les seconds contiennent ses mémoires. Elle a dicté son testament à deux scribes, un pour chaque langue, avec mission de le recopier et de faire en sorte qu'en Crète, chaque foyer en possède un exemplaire dans sa langue. En revanche, elle a écrit elle-même les papyrus, qui représentent au total plus de 60 mètres de texte d'une facture remarquable. C'est la lecture de ces mémoires qui nous a permis, comme je vous l'annonçais dans mon mail, de reconstituer l'histoire des Minoens presque dans son intégralité. Il nous manque, bien sûr, ce qui s'est passé après la mort de leur auteure, mais vous verrez qu'elle pressentait ce qui allait arriver.

– Jusqu'à présent, nous nous sommes uniquement attachés au déchiffrement du linéaire A et à la traduction des papyrus. Vous avez entre les mains un tirage des versions intégrales des deux documents. Je ne vais pas vous révéler leur contenu maintenant : ce serait trop long et surtout ce serait dommage de ne pas vous laisser les découvrir par vous-mêmes. À l'avenir, il appartiendra aux spécialistes d'étudier ces textes et leurs conséquences sur notre compréhension de la civilisation minoenne. Pour vous donner l'eau à la bouche, je peux déjà vous citer quelques noms propres auxquels vous allez devoir vous habituer. D'abord, vous ne direz plus Minoens mais Hattiantes, car c'est le nom qu'ils se donnaient. Ensuite, comme vous le savez déjà, nous ne sommes pas sur l'île de Santorin, mais sur Hattiarina. Sa principale ville, révélée par les fouilles de Spyridon Marinatos à Akrotiri, s'appelait Urukinea, ce qui signifie la nouvelle Uruk.

Aristote laisse passer l'étonnement créé par cette référence à la cité de l'ancienne Mésopotamie.

– Je ne vous en dis pas plus là-dessus. Dans les traductions, pour le nom des cités, nous avons utilisé les noms hattiantes plutôt que les noms grecs des sites de fouilles actuels. Vous trouverez, au début des mémoires, des cartes et des tables de correspondance qui vous permettront de vous repérer.

– Une dernière précision avant qu'Yves Duguy nous expose les passionnantes péripéties du déchiffrement du linéaire A. Les textes nous apprennent que chaque cité minoenne était sous l'influence d'une femme dont nous avons eu du mal à traduire le titre parce que nous ne connaissions pas non plus le terme correspondant écrit sur la tablette en linéaire B. Ce n'est pas une reine ni une prêtresse car ces termes sont connus en grec archaïque. À la lecture des mémoires, on comprend qu'il s'agit essentiellement d'une autorité morale reconnue par tous. Elle n'intervient pas directement dans l'administration de la cité qui est assurée par une personne qualifiée d'Intendant Général. En revanche, elle assume seule l'exercice de la justice. Nous avons finalement choisi le terme de Matriarche, notamment parce que les gens s'adressaient à elle en l'appelant « Mère ».

– Voilà. Je passe le micro à Yves qui va vous expliquer bien mieux que moi nos découvertes sur le linéaire A.

§

Toponymes

Correspondance des noms des lieux évoqués dans les mémoires :

Îles
Hattiarina : Santorin (Théra)
Kephti : Crète
Sukipawu : Chypre

Cités Hattiantes (minoennes)
Urukinea : site archéologique d'Akrotiri à Santorin
Kunisuu : Knossos
Kamaljia : site archéologique de Malia
Chaminjia : site archéologique de Gournia
Dikta : site archéologique Palaikastro
Kalataa : site archéologique de Galatas-Arkalochori
Vatypetawa : site archéologique de Vathypetro
Turusa : Tylisos
Gortunjia : Gortyne
Mesaraa : Messara
Payto : site archéologique de Phaistos
Opsjia : site archéologique de Monastiraki
Dawo : site archéologique d'Aghia Triada
Kommo : Kommo
Dawrometo : Réthymnon

Sommet
Psilowitis : Monts Psiloritis (Mont Ida)

Unités de mesure

1 pouce : environ 3 cm
1 coudée : environ 35 cm
1 stade : environ 300 m
1 mine : 0,5 kg

Cartes

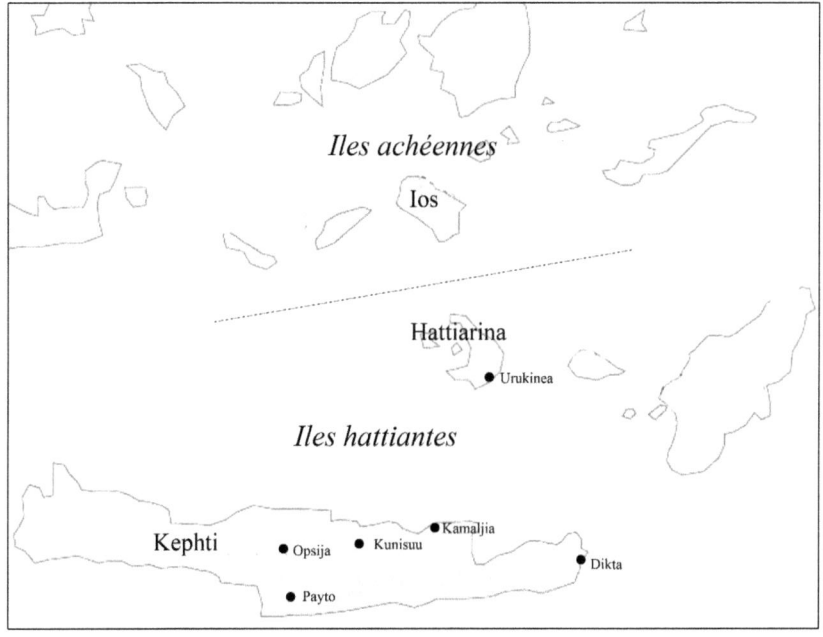

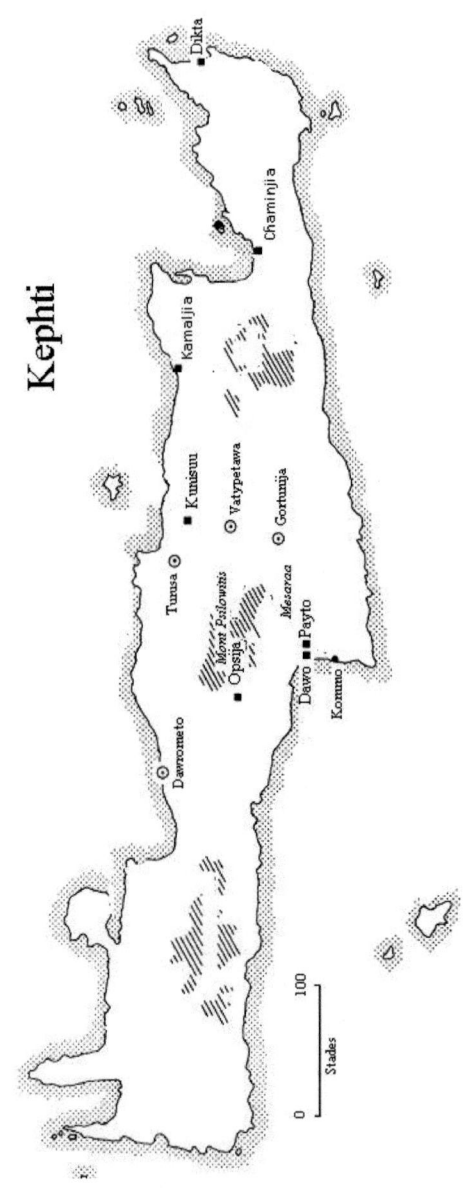

THEODOSSIS

J'écris ici mes souvenirs du temps où le peuple hattiante vivait en paix et en harmonie dans les îles magnifiques d'Hattiarina et de Kephti et aussi ceux du temps où s'abattirent sur lui les immenses malheurs contre lesquels il lutta de toutes ses forces.

§

Je naquis à Urukinea, cité de l'île d'Hattiarina, le sixième jour du deuxième mois de la 982ᵉ année de la fondation hattiante. Mes parents me donnèrent le nom d'Asiraa. Mon père était pêcheur. Il mourut en mer alors que j'étais dans ma septième année. Ma mère, mon petit frère Âdikete et moi, nous habitions chez mon oncle. Nous étions comme frères et sœurs avec nos deux cousines, Isthar et Ninlil et notre cousin Noda. Ma mère enseignait l'écriture à l'école d'Urukinea. Elle m'apprit à écrire et à compter très tôt. Grâce à cela, j'entrai à l'école d'architecture dès ma treizième année. Mon goût pour cet art m'était venu des modèles en argile exposés devant les maisons en construction.

Une fois le chantier terminé, ils étaient jetés avec les gravats. Je les récupérais et, petit à petit, j'avais recréé un village miniature dans une cave de la maison. Avec mes cousines, nous avions chacune nos maisons, peintes à nos couleurs pour qu'on ne les confonde pas.

Un collègue de ma mère professeur de dessin et de peinture venait souvent à la maison. Il était amoureux d'elle et, sans doute pour avoir des raisons de venir, il avait proposé de me donner des leçons. C'est ainsi que nous eûmes la maison la plus décorée de la ville. J'avais commencé par la chambre des filles. Je traçais un décor et, pendant que mes cousines coloriaient les fleurs et les arbres, je peignais les animaux que j'aimais. Quand notre chambre fut entièrement décorée, nous continuâmes dans le couloir et, de proche en proche, presque tous les murs de la maison furent couverts. Nous avions l'impression de vivre toute la journée avec les animaux. L'amoureux de ma mère en avait parlé à tout le monde, ce qui m'avait valu d'être connue comme la petite fille qui peint des fresques. Des gens venaient même demander à visiter notre maison.

À l'école d'architecture, nous passions beaucoup de temps sur les chantiers. Ce fut au cours de l'un d'eux que je rencontrai pour la première fois Mère Inanna, la Matriarche d'Hattiarina. J'enduisais le mur de façade d'un bâtiment du nouveau quartier en construction, à l'extérieur d'Urukinea. Accompagnée des patrons artisans, des architectes et des Sous-intendants, elle venait constater l'avancement des travaux. Quand elle arriva dans notre rue, nous nous arrêtâmes tous pour suivre l'événement du haut de notre échafaudage. Elle allait de maison

en maison, interrogeant les contremaîtres et parlant aux ouvriers. En passant devant notre chantier, elle me reconnut.
– Asiraa ! Je suis justement passée chez toi ce matin. Je voulais te parler. Peux-tu descendre, s'il te plaît ?
Depuis toute petite, j'étais en admiration pour notre Matriarche. Je la trouvais très belle et j'enviais sa grande taille qui impressionnait tout le monde. Malheureusement, pour ma première rencontre avec elle, avec ma blouse de maçon trop grande et couverte de poussière j'avais l'air d'un pot en terre. Elle me regarda de haut en bas en souriant puis, après m'avoir complimentée sur l'enduit de mon mur, elle me passa la main dans les cheveux pour les épousseter.
– Nous sommes pareilles, toutes les deux : nous avons plein de cheveux blancs … mais pas pour la même raison malheureusement ! Comme je te le disais, je souhaiterais m'entretenir avec toi. Pourrais-tu passer me voir à la Maison Centrale. Demain, à la dixième heure, si tu veux bien.
Je n'en revenais pas. Bien sûr que je voulais bien.

§

Ma mère refaisait mon chignon pour la troisième fois. Elle trouvait que les mèches bouclées qui en sortaient n'étaient jamais assez longues.
– Tu vas mettre la nouvelle robe de ta cousine. Toi, tu n'as jamais rien à te mettre. En la reprenant un peu, elle t'ira très bien. Il faut que je te fasse les ongles, ils sont tout abîmés. Tu mettras mes grandes boucles d'oreilles et le collier en or que ton père m'avait offert. Et pour une fois, tu vas te maquiller. Tu ne

peux pas y aller comme ça, on ne sait même pas si tu es un garçon ou une fille.
À cette époque, à Urukinea, les maquillages étaient à la mode égyptienne. Tous les garçons et toutes les filles voulaient ressembler aux princes et aux princesses qu'on voyait sur les papyrus, les broderies et les vases que les marchands ramenaient de là-bas. Moi, je n'aimais pas me maquiller. Je trouvais que cela prenait trop de temps pour un résultat qui se défaisait toujours au fil de la journée. Pendant ces préparatifs, la question qui m'avait empêchée de dormir toute la nuit revint me tracasser : que Mère Inanna voulait-elle m'annoncer ? J'essayais de me remémorer une chose que j'eus faite ou dite, mais lorsque ce fut l'heure d'y aller, je n'avais rien trouvé.
Coiffée et manucurée par ma mère, maquillée et habillée par ma cousine, pour une fois, je me trouvais assez jolie. Bien sûr, il fut impossible d'empêcher la famille au grand complet de m'accompagner. Entourée par ce cortège surexcité, apprêtée comme jamais, je me sentais ridicule. Mais ça m'était égal : j'avais rendez-vous avec la Matriarche. En arrivant à la Maison Centrale, la question de ce que Mère Inanna avait à me demander revint, accompagnée d'une angoisse provoquée par la vue du porche d'entrée. J'essayai de réfléchir le plus vite possible mais mon oncle nous avait déjà annoncés à l'huissier qui nous faisait signe de le suivre. Après avoir introduit ma "suite" dans une petite pièce sobrement décorée, il me conduisit directement auprès de la Matriarche.
Situé au dernier étage, son office était lumineux et assez spacieux mais je fus surprise par le peu de décorations qui

l'ornaient. Elles se limitaient à une frise représentant une vigne qui courait tout autour de la pièce près du plafond. Le dessin était joli, mais cela laissait des murs nus plutôt tristes. Assise à une table, Mère Inanna lisait un papyrus. Debout à côté d'elle, je reconnus l'Intendant Général. Elle leva les yeux.
– Ah ! Notre petite fille qui peint des fresques. Je suis à toi tout de suite.
Peut-être voulait-elle me demander de décorer ses locaux ? Pendant qu'elle conversait avec l'Intendant Général, je commençai à imaginer ce que j'allais pouvoir dessiner pour qu'elle ait le plus bel office de la cité. Elle rendit le papyrus à l'Intendant. Il se retira.
– Asiraa ! Comme tu es belle ! Je suis flattée que tu te sois tant apprêtée pour venir me voir. Tu es radieuse.
Contrairement à moi, elle était habillée très simplement. Les cheveux attachés en arrière en queue-de-cheval, peu maquillée, elle portait une robe unie grise serrée à la taille par une simple corde. J'avais l'impression d'être déguisée.
– Comme je te le disais hier, j'ai quelque chose d'important à te demander. Il n'y a rien d'urgent. Tu pourras prendre tout le temps que tu voudras pour me répondre. Mais d'abord, rappelle-moi : quel âge as-tu ?
– Je vais avoir dix-sept ans, Mère.
– Tu dois être parmi les plus jeunes à l'école d'architecture.
– Je suis la plus jeune de la quatrième année. C'est grâce à ma mère qui est professeure.
– Grâce à tes qualités aussi, tu ne crois pas ?
– Peut-être…

– En tout cas, c'est ce que dit ta mère. Je peux te dire qu'elle est fière de toi.

Ma mère, fière de moi ! C'était bien la première fois que j'entendais cela.

– Venons-en à ma question. Moi, j'ai quarante-huit ans. Tu sais que selon notre tradition, la Matriarche désigne celle qui lui succédera au plus tard avant sa cinquantième année.

Une boule se forma dans mon ventre. J'essayai de dire : « Oui, je sais », mais rien ne sortit.

– J'ai eu la chance d'avoir une bonne santé et j'ai laissé cette obligation de côté jusqu'à ces derniers temps. Maintenant je dois m'y plier. Alors, comme il se doit, je me suis renseignée.

La boule grossissait.

– Dans la cité, les gens connaissent tous la petite fille qui peint des fresques. Ils trouvent que tu es très douée et ils disent beaucoup de bien de toi. Mais si tu es là, c'est surtout parce que j'ai aussi interrogé tes professeurs. La plupart t'apprécient beaucoup. Tu sais que tu les impressionnes ?

Je sentais les larmes monter.

– Je crois que tu as compris. En effet, c'est à toi que je souhaite demander si tu accepterais d'être celle qui me succédera.

Tout se mélangeait. La fierté, la peur, l'envie de fuir et même l'inquiétude ridicule que mes larmes ne fissent couler mon maquillage.

– Si tu acceptes, pendant plusieurs années, tu feras ton apprentissage auprès de moi. Tu participeras aux réunions d'intendance et, surtout, je t'apprendrai à rendre la justice.

Je fixais la frise au-dessus d'elle.

– Cela te demandera beaucoup de travail en plus de tes études. Ne te presse pas. Penses-y. Vois si cela te plaît d'organiser la cité, d'aider les gens à régler leurs différends et de juger ceux qui se comportent mal. C'est une tâche difficile et très prenante. Si tu penses que ce n'est pas pour toi, dis-le-moi sans crainte.
Elle ajouta en me regardant dans les yeux :
– Moi, je suis sûre de toi. Tu seras une bonne Matriarche.
Je réussis à lui sourire.
– Prends ton temps et reviens me voir autant que tu veux pour en parler.

§

Sur le chemin du retour, cramponnée au bras de ma mère, le chignon défait pour me cacher dans mes cheveux, je ne pouvais pas m'empêcher de pleurer. Je pensais à ce que m'avait dit Mère Inanna, je pleurais. Je pensais à mon maquillage qui coulait, je pleurais. Je pensais aux murs tristes de l'office, je pleurais. Personne ne disait rien, sauf Âdikete qui répétait sans arrêt :
– Qu'est-ce qu'elle a Asi ? Pourquoi elle pleure ?
Heureusement, j'avais mon chantier. J'y retournai dès le lendemain. Mon patron était un homme bienveillant mais très exigeant. Il vérifiait tout et, sans ménagement, il nous faisait recommencer tant que ça n'allait pas. C'était tout ce dont j'avais besoin pour me vider l'esprit. Aucune maison d'Hattiarina n'eut jamais un mur aussi bien enduit que le mien.
Petit à petit, je m'habituai. J'arrivais à réfléchir à la question sans fondre en larmes. Malheureusement, je me rendais compte que je n'avais aucune idée de ce qui pouvait occuper la journée d'une Matriarche. J'essayai alors d'en parler autour de moi.

Isthar vit immédiatement l'intérêt de se retrouver cousine de la Matriarche. Elle s'autoproclama première conseillère chargée des festivités. Tous les soirs, elle avait de nouvelles idées de fêtes, de jeux ou de spectacles. Cela manquait parfois de réalisme, c'était toujours très gai, ça se terminait à chaque fois en fou rire, mais cela ne m'aidait pas du tout. Ma mère, elle, n'imaginait pas que je pusse refuser. Dès que j'essayais de lui faire part de mes doutes, elle s'emportait et j'étais obligée de couper court. Notre relation avait toujours été difficile. J'avais parfois l'impression qu'elle se méfiait, ou même qu'elle avait peur de moi. Nous n'arrivions pas à nous parler normalement. Dès qu'il y avait un sujet sur lequel nous n'étions pas d'accord, cela tournait au drame.

Ce fut pourtant son attitude qui m'aida à sortir de mon indécision. Depuis que j'avais repris le travail à l'école d'architecture, je me rendais compte à quel point ce métier me passionnait. Même si j'avais du mal à me figurer ce que faisait une Matriarche, je savais que cela m'obligerait à l'abandonner. Mon indécision était plus due à la crainte de la réaction de ma mère qu'à une hésitation de ma part. Involontairement, elle m'avait fait prendre conscience de ce que je voulais vraiment.

§

En entrant dans l'office de Mère Innana, je n'en menais pas large. Je m'étais préparée à une réaction de colère ou, pire, de déception. Il n'y eut rien de cela. Elle m'écouta attentivement, puis elle me confia n'être pas surprise tant elle avait remarqué le plaisir que je prenais dans mes études. Après une conversation qui se prolongea tard dans la soirée, au moment de nous quitter, elle fit une dernière suggestion.

– Ta décision n'est peut-être pas suffisamment éclairée. Accepterais-tu d'aller te rendre compte par toi-même ? Tu pourrais faire des stages dans différents services de la cité, et rencontrer les gens qui y travaillent. Qu'en dis-tu ?

J'étais sûre de moi et je n'avais pas du tout envie de me donner du travail en plus. Mais je n'eus pas le courage de lui opposer encore un refus.

§

Après cette période mouvementée, je m'organisai tant bien que mal entre mes cours, mes chantiers et les stages dans la cité. Je pus à nouveau monter des murs qui partaient de travers, peindre des fresques sur les derniers recoins épargnés de notre maison, faire enrager les garçons qui nous couraient après et partir en fous rires avec Isthar. Mon premier stage à la Maison Centrale consista à comptabiliser les marchandises livrées et les services fournis. C'était facile et ennuyeux. Mère Inanna m'envoya alors à Aphaia, le port d'Urukinea. L'atmosphère y était tout autre. Organisé autour d'une esplanade prolongée par deux quais pour les arrivées et pour les départs, c'était une ruche en activité permanente. Au nord, une grande halle couverte regroupait les comptoirs où les marchandises étaient vérifiées et enregistrées. Des hommes forts et presque nus en assuraient le transport entre les bateaux et les entrepôts. L'esplanade grouillait de matelots désœuvrés attendant que leur patron en ait terminé avec les formalités. Face aux quais, les tonnelles des tavernes croulaient sous les clématites roses ou blanches. Toutes les langues du monde s'y mélangeaient dans un tohu-bohu d'invectives et d'éclats de rire.

Je devais commencer par les enregistrements aux comptoirs, mais, à cause d'un décès subit, il manqua quelqu'un parlant achéen au négoce. Ma mère m'avait forcée à apprendre cette langue en affirmant que cela me servirait un jour. La prise de contact avec mon premier client fut pour le moins houleuse. Mon chef m'avait appris en urgence les règles à appliquer sans plus de détails sur le déroulement des négociations. Il m'avait juste prévenue que, d'une manière générale, les Achéens n'aimaient pas beaucoup les Hattiantes à qui ils reprochaient de se croire au centre du monde. Panos, négociant en laines, venait de Ios, île achéenne située au nord d'Hattiarina, à une demi-journée de navigation. Après un instant de surprise en entrant dans l'office, il m'expliqua que, compte tenu de l'importance de ses affaires, il ne pouvait être question qu'il les traitât avec une stagiaire. Avant l'entretien, j'avais peur de ne pas savoir me comporter. Le ton condescendant qu'il avait eu pour dire « une stagiaire » me remit les idées en place. Je lui dis que je pouvais comprendre la gêne causée par ce changement imprévu, mais que, connaissant bien son dossier, je saurais respecter ses intérêts. Il insista, exigeant de voir mon supérieur. Je lui répondis qu'il m'avait désignée pour traiter avec lui et que je ne voyais aucune raison de le déranger. Il s'emporta et me traita de petite tête noire prétentieuse. On ne savait pas d'où venait ce surnom de « têtes noires » que nous donnaient les Achéens, mais personne n'ignorait ce qu'il exprimait. Prétentieuse aurait pu passer, mais tête noire était de trop. Je lui répondis que je n'allais pas pouvoir laisser entrer ses marchandises et je sortis sans lui laisser le temps de répondre. Il resta un instant sans réaction puis il se précipita dans le couloir pour s'excuser. Nous retournâmes calmement dans l'office pour discuter de ce qu'il voulait en échange de ses 1 200 mines de laine. Plus tard, j'appris qu'étant connu pour son caractère emporté, mon chef me l'avait envoyé « pour mon apprentissage ».

Après cette prise de contact animée, nos relations furent bien meilleures. C'était un homme honnête et franc avec qui j'aimais négocier, et je savais que c'était réciproque. Nous parlions souvent d'autres choses une fois les affaires réglées. En fait, c'était surtout lui qui me racontait sa vie. Au départ, il était pêcheur à Naxos. Au cours de ses sorties en mer, il s'arrêtait souvent à Aphaia. À force d'en fréquenter les tavernes, il avait fini par comprendre qu'ayant peu de pâturages, Hattiarina manquait de laine. Il avait alors transformé son bateau de pêche pour le commerce et il s'était installé à Ios, plus proche d'Hattiarina. Il ramassait la meilleure laine dans les îles achéennes, puis, à Hattiarina, il l'échangeait contre des ustensiles en bronze et en terre cuite. Il revendait sans difficulté ces produits hattiantes dont la qualité était réputée chez les Achéens. Il était ainsi devenu, selon lui, l'un des commerçants les plus riches de Ios.

Il me parlait souvent de son fils, Théodossis. Un garçon plein de qualités, qu'il allait me présenter parce qu'un jour, ce serait à lui que j'aurais affaire. J'avais beau lui expliquer que j'allais bientôt quitter ce service, il persistait. À chaque fois, il m'annonçait sa venue lors de son prochain voyage mais, à chaque fois, il y avait eu un empêchement. J'en étais arrivée à me demander s'il ne s'était pas inventé ce fils prodige. Ce ne fut qu'au dernier jour de mon stage qu'il vint enfin accompagné du jeune homme. Jeune, et surtout très beau. La peau hâlée, les cheveux châtains frisés, il était tout le contraire des canons hattiantes, mais moi, je le trouvais très beau. En plus, chose inconnue chez nous, il avait les yeux bleus ! Pendant que je discutais de la valeur de la mine de laine avec son père, je le regardais du coin de l'œil. Lui me regardait fixement avec un drôle d'air, entre étonné et subjugué. Au moment de se quitter, il bredouilla : « À bientôt ». Mon stage au négoce étant terminé, nous avions très peu de chance de nous revoir.

§

En reprenant mes études, je retrouvai mes amis de l'école d'architecture et j'oubliai le bel Achéen. Peut-être pas tout à fait cependant, à en juger par mes pincements de cœur à chaque fois que quelque chose me rappelait notre rencontre. Un jour, alors que nous fêtions la fin d'études d'un camarade dans une taverne du port, je le vis, déambulant devant les terrasses, absorbé dans ses pensées. Je me précipitai en criant et en agitant les bras.

– Ohé, l'Achéen. Tu te souviens de moi ? Aux entrepôts, avec ton père.

– Bien sûr, je me souviens de toi. J'espérais te revoir, mais à chaque fois c'était quelqu'un d'autre qui nous recevait.

– Je n'y travaille plus …

Nous nous souriions béatement, les yeux dans les yeux. Son père arriva, essoufflé.

– Ah ! Te voilà, je te… »
Son regard faisait des allers-retours entre nous deux.
– … je te cherche partout. Excuse-nous, Asiraa, mais nous devons embarquer tout de suite, il est tard.
Mes camarades avaient bien vu ce qui s'était passé. Les plaisanteries commencèrent à fuser. Chamboulée, je n'arrivais pas à réagir à leurs mauvaises blagues. Je quittai la table, ignorant leurs excuses.
Les jours suivants, ma principale préoccupation fut de chercher un moyen de le retrouver. Entre mon chantier, mes cours d'architecture et mes stages dans les services de la cité, je n'avais pas le temps de me rendre au port. Je chargeai une amie qui y travaillait de me prévenir dès qu'elle le verrait. Je savais pouvoir compter sur sa discrétion : mes camarades avaient parlé à tort et à travers et la rumeur de ma « liaison » avec un Achéen était parvenue à l'oreille de ma mère.
Quelques semaines plus tard, un jeune Égyptien m'apporta un bout de papyrus griffonné par mon amie. Théodossis m'attendait à son bateau. Alors que je filais en prétextant un problème familial, mon patron me dit d'un air goguenard :
– Et… c'est normal que tu gardes ta blouse pleine de plâtre sur toi ?
Personne n'avait jamais été aussi rapide que moi pour se rendre à Aphaia, sans courir et en gardant un air normal. Lorsque j'arrivai à son bateau, il était en train de ranger des cordages. Concentré sur ce qu'il faisait, il ne prêtait aucune attention à ma présence juste au-dessus de lui. Je l'interpellai.
– M'emmènerais tu faire un tour en bateau ?

Il leva les yeux, l'air de se dire : « Qu'est-ce qu'elle me veut celle-là ? » puis, manquant de s'étaler en se prenant les pieds dans les cordages, il sauta sur le quai.
– Embarque, on part tout de suite.
Sans imaginer une seconde que j'ignorais tout en matière de navigation, il se mit à me commander comme un matelot, en achéen et avec des termes techniques auxquels je ne comprenais rien. J'essayai d'improviser en faisant mine de m'y connaître, mais cela ne marcha pas. Plus je me trompais, plus il s'agaçait et plus je riais. Finalement, dépité, il fit la manœuvre tout seul après m'avoir intimé l'ordre de m'asseoir au milieu et de ne plus toucher à rien.
Portés par un petit vent venant des terres surchauffées, nous descendîmes le long de la côte, devant les falaises rouges, blanches et noires d'Aphaia, célèbres dans toutes les cités hattiantes. Assise sur un filet, la tête appuyée sur sa cuisse, je profitai de la chaleur du soleil sur ma peau et surtout du plaisir du contact de la sienne. J'attendais le moment où il mettrait le bateau en panne pour m'attirer à lui et m'embrasser. Malheureusement, arrivés à la pointe Ouest, n'étant plus protégés par la côte, le vent du large et le clapot nous obligèrent à faire demi-tour. Trempés par les embruns, il ne nous restait plus qu'à rentrer le plus vite possible. Déçue, transie de froid, je dus me contenter de me serrer contre lui.
Nous arrivâmes au port à la nuit tombée. À l'abri du vent, il faisait encore doux. Allongée entre ses jambes, je scrutais le ciel en attendant une étoile filante. Il me tira à sa hauteur et – enfin – il m'embrassa. Puis il se tourna sur moi et ses mains

commencèrent à explorer mon corps. D'abord sur mes vêtements, puis en dessous. Sur le quai, j'entendais des gens parler et rire. J'avais peur qu'ils nous voient. Avec des contorsions compliquées et des rires étouffés, nous nous glissâmes sous une voile et nous fîmes l'amour en silence, tout doucement, longtemps. Comblée, j'aurais voulu rester là, prisonnière sous son poids, éternellement.

En arrivant à la maison, j'avais peur que ma mère ne fût encore éveillée, en train de m'attendre. Elle dormait. Le lendemain matin, elle avait la tête des jours où elle couvait sa mauvaise humeur. Au moment où j'allais partir, elle n'y tint plus.

– Où étais-tu, hier soir ?
– Je suis restée au port avec mes amis de l'école.
– Tu aurais pu nous prévenir que tu rentrerais si tard.
– Ça s'est décidé comme ça. Ce n'était pas prévu.

Elle haussa les épaules.

§

À Hattiarina, tous les prétextes étaient bons pour organiser des fêtes. C'était d'abord les grandes dates de notre histoire telles que la fondation d'Urukinea ou la naissance de la Grande Fédération des cités. Les cycles saisonniers en faisaient aussi partie et nous étions au solstice d'été. À cette occasion, tout le monde se rassemblait sur la colline surplombant Urukinea pour aller voir le soleil se coucher sur la mer. Dès qu'il avait disparu, on repartait à la ville pour le repas en commun. La fête se prolongeait toute la nuit dans des bals et des buvettes dispersés dans la cité. À l'aube, on retournait sur la colline pour voir le soleil se lever de l'autre côté et constater qu'on était bien au solstice grâce à une pierre levée percée d'un trou. Au moment où le soleil apparaissait, la lumière traversait le trou pour aller former une tache lumineuse sur le muret situé en face. Sans surprise, l'événement était pourtant salué par des cris de joie et des applaudissements. J'avais envie de partager cette fête avec Théodossis.

Le chemin menant à la colline était noir de monde. Ma mère était avec le professeur de peinture et mon oncle, qui avait dû prendre un petit acompte de vin blanc à la maison, se montrait très amoureux de sa femme. Tous avaient la tête ailleurs, ce qui me convenait bien. Une fois le soleil disparu, nous descendîmes ensemble à Urukinea pour le banquet. Des tables étaient dressées sur toutes les places. On pouvait s'asseoir où l'on voulait et on se servait dans d'énormes marmites qui mijotaient dans un coin. Nous nous mîmes à la même table que le professeur de peinture et sa famille. Une multitude d'enfants couraient dans tous les sens, ravis que plus personne de s'occupât d'eux. Ma petite cousine, mon frère et son cousin jouaient à cache-cache dans nos pieds en poussant des cris stridents. Cela me rappela douloureusement l'époque où je faisais la même chose, finissant sur les genoux de mon père, blottie contre lui pour empêcher les autres de m'attraper.

Mon oncle essaya de parler bateau avec Théodossis mais, chacun ne connaissant que quelques mots de la langue de l'autre et avec le vacarme qui résonnait sur la place, leur conversation tourna court. Ma mère n'avait d'yeux que pour le professeur de peinture. Isthar commença par bouder parce que son père l'avait obligée à rester avec nous, puis, sans que personne ne le remarquât, elle disparut.

À la fin du repas, à mesure que les gens quittaient les tables pour se dégourdir les jambes ou s'allonger sur un coin d'herbe, on fit de la place pour installer les bals. Théodossis et moi, nous nous promenâmes un peu d'une place à l'autre pour regarder les gens danser, puis nous allâmes sur son bateau pour faire l'amour. Pour la première fois, je ne vis pas le soleil se lever le matin du solstice.

§

Théodossis repartit en mer de très bonne heure. Avant d'aller en cours, je passai par la maison pour me changer. Les petits dormaient. Ma mère faisait le ménage. Elle me dit à peine bonjour.

– Tu aurais pu venir avec nous, pour le lever du soleil.
– Théodossis voulait partir très tôt. Il devait être à Naxos avant midi.
– Isthar n'est pas venue non plus. Son père est très en colère. Elle vient seulement de rentrer.
– C'est de son âge, non ?
– Elle suit l'exemple de sa cousine.

Dans l'état de fatigue où j'étais, je n'avais pas du tout envie de l'affrontement que ma mère cherchait. Je partis aussitôt à l'école d'architecture.

À mon retour, le soir, l'ambiance était toujours exécrable. Les garçons jouaient en silence et Isthar pleurait dans la chambre. Au repas, personne ne parla. Même Âdikete ne quitta pas son assiette des yeux. À la fin, à bout de nerfs, je pris les devants.

– Je ne comprends pas. Hier soir, nous étions tous heureux d'être ensemble. Pourquoi plus maintenant ?

Après un long moment, ce fut mon oncle qui réagit.

– Si tu étais si bien avec nous, alors pourquoi n'es-tu pas venue sur la colline, ce matin.

– Ce n'est quand même pas à cause de cela que vous êtes de cette humeur !

Ma mère explosa.

– Si, justement ! Que fais-tu avec cet Achéen ? Toute la ville a remarqué votre absence. Je te rappelle que tu n'es pas n'importe qui. Tu t'imagines que Mère Inanna va accepter une fille qui découche avec un Achéen ? Elle va annuler sa décision et nous serons couverts de honte.

– Voilà ce qui t'inquiète. Tu ne seras plus la mère de la future Matriarche. Tu ne pourras plus te promener dans la rue en faisant des petits sourires entendus aux gens. Tu ne pourras plus raconter à tes amies comment on est reçu à la Maison Centrale. Il n'y a que ça qui t'intéresse. Tu ne penses qu'à toi.

Mon oncle fit sursauter tout le monde en tapant du poing sur la table.

– Ça suffit ! Toi et ta cousine, vous êtes insupportables. Sors de table !

Il m'avait fait très peur. Jusque-là, il n'était jamais intervenu entre ma mère et moi mais, excédé par la virée nocturne d'Isthar, il ne put se retenir. Je tremblais comme une feuille.

Isthar avait entendu son père crier. Elle m'expliqua que, pendant le repas, elle était partie retrouver un garçon qui se disait amoureux d'elle. Elle n'était pas amoureuse de lui, mais il essayait tout le temps de l'embrasser et elle voulait savoir ce que ça faisait. Pendant le coucher de soleil, ils étaient allés se cacher pour faire leurs essais. Ça ne lui avait pas tellement plu, mais elle avait eu envie d'aller plus loin. Elle me fit bien rire en me racontant les péripéties qui avaient suivi. Ravie, elle dit que c'était quand même bien et elle s'endormit. Fantasque, malicieuse, casse-cou, elle était tout le contraire de moi et pourtant nous nous entendions comme des jumelles.

Je passai le reste de la nuit à ressasser ce qui s'était passé depuis l'entrevue avec Mère Inanna. Les disputes avec ma mère, les moments de bonheur avec Théodossis, les regards réprobateurs dans la rue, la colère de mon oncle. Mère Inanna avait bouleversé ma vie en essayant de lier mon destin à celui de la cité. Ce n'était pas ce que je voulais. Je voulais faire ma vie avec Théodossis et construire de belles maisons dans lesquelles les gens seraient heureux. Aux premières lueurs du jour, je finis par m'endormir avec la ferme intention de le faire savoir à Mère Inanna et à ma propre mère.

§

Âdikete me secouait sans ménagement. Il me fallut un moment pour sortir de cette très courte nuit et réaliser que j'allais être en retard. Je m'habillai n'importe comment et filai sans même croiser ma mère. En arrivant sur la place devant l'école d'architecture, je réfléchissais à ce que j'allais dire à Mère Inanna lorsqu'il y eut une violente secousse dans le sol qui me déséquilibra et fit tomber une femme devant moi. La terre se mit à trembler. Un grondement sourd venait d'en dessous, de partout. Le sol ondulait et nous emportait à droite et à gauche.

Les gens se précipitaient dehors en hurlant, courant dans tous les sens à la recherche d'un endroit où la terre ne tremblât pas. Dans les maisons, on entendait les fracas de la vaisselle qui dégringolait et des plafonds qui s'écroulaient. Le linteau du porche de l'école se brisa en deux, provoquant l'effondrement d'un pan de mur au-dessus de lui. Cela n'en finissait pas. Une angoisse de mort, de fin du monde me paralysait. Puis les tremblements diminuèrent. Le grondement s'éloigna. Les gens ne bougeaient plus, inquiets de voir si cela ne recommençait pas. Il n'y avait plus que le silence et un nuage de poussière qui flottait au-dessus du sol.

Des groupes se formèrent. Ils se racontaient ce qu'ils avaient ressenti, se disputant sur le temps que cela avait duré. Personne n'osait retourner dans les maisons. Terrorisés, les enfants restaient accrochés à leurs parents. Un homme était assis par terre, hagard, la tête en sang. Une femme hurlait, demandant de l'aide pour son enfant blessé. Petit à petit, les gens commencèrent à s'organiser. Les uns déblayaient les gravats les plus encombrants, tandis que les autres aidaient des personnes blessées. J'entrai dans l'école pour voir s'il y avait d'autres dégâts. Très anciens, les bâtiments avaient fait l'objet de replâtrages successifs, pas toujours réalisés dans les règles de l'art. L'ensemble avait mal résisté. Certaines salles étaient totalement inutilisables. Un étudiant avait été grièvement blessé dans l'effondrement d'un plafond. Heureusement, ceux qui n'avaient pas eu le temps de sortir dans la rue avaient pu se réfugier dans la cour. Il y avait des gravats partout. Je discutais avec mes camarades lorsqu'un page de la Maison Centrale m'interpella. Mère Inanna me demandait de la rejoindre. Elle avait convoqué en urgence tous les Intendants de quartier et elle pensait que ce serait une bonne occasion de me faire comprendre le rôle d'une Matriarche.

§

À la Maison Centrale, les dégâts étaient limités. Quelques plaques d'enduit mural décollées, de la terre cuite cassée un peu partout et des dalles déchaussées. En ville, la situation était confuse. Les Intendants n'avaient que des informations partielles sur les blessés et les dégâts. Aucun décès n'était recensé. À cette heure de la journée, tout le monde avait eu le temps de sortir dès les premières secousses. L'Intendant Général était surtout préoccupé par l'état du réseau de canalisations. Il craignait que des égouts ne fussent obstrués. À première vue, la plupart des bâtiments avaient bien résisté. Mère Inanna répartit les tâches pour que l'on pût rapidement se mettre en action. Le plus urgent était les blessés, le réseau de distribution d'eau et les égouts. Ensuite, il fallait évaluer l'état des rues et des routes, principalement celle qui menait à Aphaia. Chaque Intendant se vit confier un de ces sujets. À moi, Mère Inanna demanda d'aller visiter les foyers pour recenser leurs difficultés et vérifier la sécurité des habitations. Le prochain conseil fut fixé au lendemain soir.

Avant de m'atteler à ma tâche, je passai chez nous pour prendre des nouvelles et donner des miennes. Tout le monde allait bien. Le plus grave concernait la fresque de la chambre des garçons. La grande pieuvre rouge et jaune était presque entièrement en miettes par terre. Sur le mur, il ne restait plus que des extrémités de tentacules et un œil, tout seul au milieu. Je promis à Âdikete de la refaire. Je lui suggérai de rassembler les morceaux et de reconstituer la pieuvre afin que je pusse la recopier. L'idée lui plut et il s'y mit aussitôt.

Malgré l'heure avancée, je retournai à l'école pour constituer une équipe d'enquêteurs. Tout le monde était au travail pour déblayer les gravats et préparer les travaux de réparation. Je pus malgré tout recruter deux filles et un garçon avec lesquelles j'établis un plan de visite : des questions sur la santé des personnes et sur les difficultés de la vie quotidienne, puis une inspection méthodique de l'état des bâtiments.

Les gens étaient rassurés de nous voir venir si rapidement. Souvent, ils étaient obligés de déblayer un coin de la pièce pour nous asseoir. Ils commençaient par les problèmes matériels directement liés au tremblement de terre. C'était un peu toujours les mêmes : Est-ce que les magasins alimentaires ont été touchés ? Quand vont-ils rouvrir ? Comment se débarrasser des gravats ? Comment calmer et occuper les enfants ? Après ces préoccupations matérielles, la conversation devenait plus familière, jusqu'à raconter des anecdotes comme une grand-mère qu'on avait retrouvée toute blanche, couverte de poussière, ou un gamin qui trouvait très amusant que la terre le fît danser. Les plus âgés évoquaient leurs souvenirs du tremblement de terre qui, quarante ans auparavant, avait détruit un quartier entier. Contrairement aux postes administratifs précédents, cette mission me plut. Elle me permit de rencontrer des gens très différents, de comprendre leurs préoccupations, et surtout de les réconforter et de leur donner des conseils utiles.

Au moment du tremblement de terre, Théodossis était en tournée dans les îles du Nord pour ramener des peaux et des ballots de laine de chèvre. Inquiet en voyant les dégâts au port, il se mit tout de suite à ma recherche. Après être passé à l'école, il réussit à me trouver dans le quartier où je faisais mes enquêtes. Depuis trois jours, j'étais dans mes visites du matin au soir. Quel bonheur de le voir à ma sortie de la dernière maison de la journée ! Le cri strident que je poussai en me jetant sur lui attira les regards des passants. Je m'en moquais et cela me donna même une idée. Ayant terminé les visites de la journée, je devais retourner à l'école où nous rassemblions nos notes. L'auberge d'en face où tous les étudiants avaient l'habitude de se retrouver venait de rouvrir. A cette heure, j'étais certaine d'y trouver quelques-uns de mes amis. Lorsque nous entrâmes, Théodossis et moi, le vacarme baissa d'un ton. Deux de mes amis étaient là, en train de boire une bière.

– On peut se joindre à vous ?

Leurs expressions embarrassées auraient dû me faire rire, mais je gardai un air détaché.

– Je n'ai pas besoin de vous présenter Théodossis, n'est-ce pas ?

Je vais porter mes notes à l'école et je reviens.

Sans répondre au regard paniqué de Théodossis, je me dépêchai de partir avant qu'ils ne réagissent.

Les préjugés ne se nourrissent que d'idées préconçues. Confrontés à la réalité, ils disparaissent d'eux-mêmes. Théodossis me raconta qu'après un moment un peu crispé, ils furent obligés d'engager la conversation. L'un d'eux parlait achéen. Il possédait un bateau avec lequel il participait aux régates régulièrement organisées sur la mer intérieure d'Hattiarina. Théodossis était d'une nature peu loquace, sauf lorsqu'il s'agissait des techniques de navigation. Entre eux deux, la discussion devint rapidement très animée sur les performances comparées des voiles égyptiennes, hattiantes et achéennes. Ils se promirent, à l'occasion, de se revoir au port pour en reparler sur les bateaux.

Forte de ce premier résultat, je décidai d'emmener Théodossis à la maison pour provoquer une discussion avec ma mère et mon oncle. Quand nous y arrivâmes, ils n'étaient pas encore rentrés. Âdikete était sur sa mosaïque de pieuvre. Il réquisitionna immédiatement Théodossis. Allongée sur le lit, fatiguée par une journée passée à écouter les gens, je les regardais avec bonheur se disputer sur l'emplacement des morceaux de fresque. Lorsque ma mère entra dans la chambre, je m'étais endormie. Théodossis et Âdikete étaient toujours sur leur mosaïque. Elle me réveilla d'un « Bonjour ! » bien sec, à la cantonade. Ignorant ostensiblement Théodossis, elle m'entraîna dans le salon « pour me parler », c'est-à-dire pour me faire une scène. Hors d'elle, elle retenait sa voix pour que Théodossis n'entendît pas. Après m'avoir traitée d'écervelée sacrifiant son avenir pour une amourette avec un étranger, elle finit par me dire que si je ne voulais pas me consacrer à mon avenir de Matriarche il ne me restait plus qu'à quitter la maison et partir avec mon Achéen. C'en était trop. Je retournai dans la chambre où Théodossis et Âdikete avaient visiblement entendu notre dispute.

– Viens ! Nous partons.
– Où ?
– Je ne sais pas. Mais je ne pourrai pas rester ici une minute de plus.
Âdikete se jeta sur moi.
– Je ne veux pas que tu partes. Je veux que tu restes. Avec Théodossis.
Il se cramponnait à ma taille.
– Ne t'inquiète pas. Je vais revenir. Crois-tu que j'abandonnerais mon Âdikete d'amour ?
Théodossis parvint à le calmer en lui promettant, lui aussi, de revenir pour finir la mosaïque avec lui. Sortis de la maison, il me dit :
– Que s'est-il passé ? Que t'a dit ta mère ?
– Peu importe. Je ne veux plus avoir à supporter ses remontrances.
– Où vas-tu aller ?
– Je ne sais pas. Je vais demander à mon amie d'Aphaia si elle peut m'héberger quelques jours. Après je verrai.
– Je crois que tu es fatiguée. Il faut que tu prennes du temps pour toi. J'ai une idée. Tous les ans, avec mes amis nous organisons une escapade sauvage sur une plage isolée de Ios. Si tu veux, je t'emmène là-bas et je leur propose d'y aller maintenant avec nous. Je suis sûr qu'ils seront ravis.
Il était vrai que, depuis le tremblement de terre, entre les réunions du conseil, les enquêtes chez les habitants et les humeurs de ma mère, je vivais sur les nerfs. Me retrouver loin de tout cela, avec rien d'autre à faire que de lézarder sur une

plage à l'ombre des tamaris et profiter de Théodossis, je ne pouvais pas espérer mieux.

Le temps de terminer mes enquêtes, Théodossis resta à Hattiarina pour prêter main-forte au port où les dégâts étaient importants. Nous nous retrouvions le soir à notre auberge habituelle et nous dormions sur le bateau. Quatre jours plus tard, nous appareillions pour Ios.

§

L'EXPLOSION

L'arrivée à Ios se faisait par une rade au fond de laquelle se détachaient les maisons du port. Contrairement aux nôtres toujours ornées de motifs géométriques colorés, elles étaient toutes d'un blanc éclatant. Parmi celles-ci, Théodossis put bientôt me montrer celle de son père. Plutôt que d'habiter dans la cité située en retrait dans la plaine, Panos avait préféré s'installer juste au-dessus du port, pour continuer à l'entendre vivre de chez-lui et pour profiter des couchers de soleil. Malgré l'imprévu de notre visite, les parents de Théodossis nous accueillirent chaleureusement, sans nous poser de question. Leur fille Pénélope et son compagnon Mikis vinrent se joindre à nous pour le repas du soir. De la terrasse, on entendait la rumeur des tavernes et, sur la rade, le reflet de la lune s'éparpillait en une myriade de lampions. Panos anima la soirée à lui tout seul. Il commença par raconter notre rencontre à Aphaia et nos coups de gueule. Il en rajoutait tant et plus, mais il nous faisait tellement rire que je me gardai bien de rétablir la vérité. Il émaillait son récit d'histoires que les Achéens se racontaient sur notre compte. En plus d'être orgueilleux, nous étions de redoutables commerçants capables de berner n'importe quel Achéen. Il en avait autant pour les Égyptiens, crédités d'une naïveté confinant à la bêtise. Je n'étais pas très portée sur ce genre de plaisanteries, mais racontées par Panos à la fin d'un repas bien arrosé, j'en avais mal au ventre de rire.

Le lendemain, Théodossis fit la tournée de ses amis pour recruter ceux qui étaient disponibles. Dès l'après-midi, chargés comme des baudets, nous embarquâmes, moi, Pénélope et Mikis sur le bateau de Théodossis, deux garçons et deux filles sur un autre bateau. Comme d'habitude, je fis tout de travers pour la manœuvre d'appareillage et Théodossis se mit en colère (nous avions failli éperonner un bateau de pêcheur). Il se disputa avec sa sœur qui lui demandait de se calmer si bien que la moitié du voyage se passa en silence. Heureusement, Mikis eut la bonne idée de proposer de prendre la barre. Je pus me réconcilier avec Théodossis et le convaincre d'aller en faire autant avec sa sœur.

La crique où nous accostâmes n'était qu'à une petite heure de navigation. Elle comportait deux petites plages de sable séparées par des rochers. D'escapade en escapade, Théodossis et ses amis y avaient construit des abris pour dormir et, sur un rocher, une terrasse couverte aménagée avec une table et des chaises. Il faisait déjà très chaud. Sitôt le matériel débarqué et rangé à l'ombre, nous nous déshabillâmes tous pour nous jeter à l'eau. Après ce premier bain revigorant, les choses s'organisèrent. Deux filles allèrent arpenter les plages et les abords de la crique à la recherche de bois mort. Mikis installa le foyer avec de grosses pierres autour d'un creux dans le sable, un autre garçon dégagea un trou d'eau entre des rochers pour y placer les jarres de vin et d'eau, et Théodossis partit pêcher. Pénélope et moi fûmes affectées à la préparation du repas du soir, ce qui, me concernant, n'était pas le meilleur choix. Une fois tout cela en place, il ne nous restait plus qu'à lézarder, nager, manger, chanter, rire et faire l'amour.

Près de la source où nous allions chercher l'eau, il y avait de l'argile assez bonne, sans trop d'inclusions. Pour occuper les heures chaudes de l'après-midi, j'entrepris de construire la maquette de notre future maison. Je savais où je voulais la construire : sur une colline à l'extérieur d'Urukinea d'où la vue vers les plaines et la mer était magnifique. Nous étions à peu près d'accord sur l'agencement : une grande terrasse à demi-couverte pour pouvoir recevoir nos amis, notre chambre ouverte à l'est pour avoir le soleil le matin, un beau salon décoré de fresques, un office pour moi où je pourrais dessiner mes plans. En bas, un atelier pour pour ranger le matériel de pêche de Théodossis, et surtout un silo à glace pour rafraîchir la maison l'été. Le seul sujet de discorde portait sur le nombre de chambres, c'est-à-dire, en fait, sur le nombre d'enfants. Lui en voulait deux ou trois, moi, au moins six ou sept. Considérant qu'il était prématuré de se disputer sur ce sujet, je réglai la question, en ne faisant qu'une seule chambre, disposée de telle sorte qu'il fût facile d'en rajouter d'autres. Ensuite, je fis des figurines pour nous représenter. La difficulté était nos couleurs de peau. La sienne était cuivrée, surtout au soleil, tandis que la mienne était blanche. Un jour, je lui avais dit qu'il était couleur pelure d'oignon. Je trouvais cela joli, mais il n'apprécia pas l'image potagère. Pour se venger, il m'avait comparée à un navet, ce qui ne me plut pas du tout. L'argile étant blanche, pour faire Théodossis, je dus ajouter de la poudre de coquillage. Pour nos enfants, je me limitai prudemment à deux, un « pelure d'oignon » et un « navet ».

§

Le soir, parfois, nous restions autour du feu jusque très tard. Ils me posaient des questions sur les Hattiantes qu'ils connaissaient très mal. Beaucoup de choses à notre sujet les intriguaient. Ils se demandaient par exemple pourquoi nous ne parlions pas la même langue qu'eux. Je leur avais alors conté l'histoire de notre fondation.

– Nous venons du pays de Warka, une contrée lointaine où les plaines, aussi vastes et fertiles que celles d'Égypte, abritent la cité d'Uruk. Elle y prospère depuis des siècles, mais elle est sans cesse en guerre car ses richesses attisent la convoitise des cités voisines. À cause de cela, il y a mille ans, Nanaya, reine d'Uruk, envoya trois de ses plus valeureux chevaliers à la recherche d'une contrée où elle pourrait fonder une nouvelle cité qui pût vivre en paix pour toujours. Ils remontèrent le pays de Warka vers le nord. Ils traversèrent le pays d'Akkad, le pays d'Assour, le pays de Mitanni, mais, tous étaient également ravagés par les guerres. Alors ils revinrent dire à la reine que la guerre était partout et qu'il n'existait aucun lieu où vivre en paix. La reine Nanaya ne voulut rien entendre. Elle les renvoya, leur enjoignant d'aller plus loin et de ne revenir que lorsqu'ils auraient trouvé.

– Ils repartirent au-delà du pays de Mitanni, jusqu'au pays d'Arzawa où ils arrivèrent à la ville de Millawanda, au bord de

notre mer. Ils n'avaient toujours pas vu de contrée en paix. Ils désespéraient de pouvoir satisfaire leur reine quand un pêcheur de Millawanda leur parla d'une île que l'on disait très fertile et qui avait été délaissée par ses habitants pour une raison inconnue. Ils l'appelaient Hattiarina, ce qui signifiait « l'île en croissant de lune ». Alors l'un des chevaliers dit : « Une île nous mettra à l'écart des guerres. Allons la voir. » Ils virent les grandes plaines en pente douce vers la mer, les forêts de cèdres, l'eau qui coulait en abondance de la montagne, la rade profonde et abritée où l'on pouvait construire un port. Ils retournèrent à Uruk, certains que leur reine serait satisfaite.
– La reine Nanaya rassembla les meilleurs artisans, les meilleurs scribes, les meilleurs architectes, les meilleurs astronomes, les meilleurs dans tous les métiers dont une cité a besoin. Elle leur demanda de partir avec elle pour fonder une nouvelle cité à Hattiarina. Tous l'aimaient et tous voulaient qu'elle restât leur reine. Elle abdiqua en faveur de son frère et ils partirent avec elle. C'est ainsi que la reine Nanaya fonda la cité d'Urukinea et, dans moins de deux ans, toutes les cités Hattiantes célébreront le premier millénaire de cette fondation !
– On dit que vous n'avez pas de roi ni de reine.
– C'est vrai. Les rois devraient gouverner pour le bien de leur peuple. Malheureusement, eux-mêmes gouvernés par leurs ambitions personnelles, ils oublient ce devoir. La reine Nanaya voulait en finir avec les rivalités de pouvoir qui agitaient sans cesse Uruk et ses voisines. Elle décida que son peuple ne serait pas gouverné par des personnes mais par des principes moraux

acceptés et appliqués par chacun. Depuis, nous n'avons ni roi, ni reine, ni prêtres ni prêtresses.

Pénélope se fit la voix de tous les autres :

– Mais comment s'organise la vie de vos cités si vous n'avez pas de roi pour la régenter ?

– Ce qui dirige les Hattiantes, c'est leur conscience personnelle et la morale que la reine Nanaya nous a enseignée. Elle est gravée sur une stèle de marbre scellée à l'entrée de chaque Maison Centrale :

- Sauf s'il te menace, n'inflige rien à autrui que tu ne voudrais pas que l'on t'infligeât ;
- Attribue aux autres personnes la même valeur qu'à toi-même ;
- Ne dérange l'ordre naturel et n'attente à la vie que si cela est nécessaire à la tienne.

Depuis dix siècles, ces préceptes gouvernent notre vie quotidienne.

– C'est tout ?

– Pour être suivies, les lois doivent être connues. Tout le monde peut se souvenir facilement de ces trois règles. Elles sont enseignées aux Hattiantes dès leur plus jeune âge. Si vous les étudiez, vous verrez que chacun de nos actes peut s'évaluer en regard de l'une d'elles. Afin de garantir leur application harmonieuse, chaque cité hattiante est sous l'autorité morale d'une femme à laquelle chacun peut se référer. Nous l'appelons "Mère" parce qu'elle a le même rôle qu'une mère vis à vis de ses enfants : elle nous guide en nous laissant choisir notre propre voie. Elle n'exerce son autorité que pour trancher les différends lorsque les parties ne parviennent pas à s'entendre.

Ils n'en revenaient pas. À Ios, leur cité était dirigée par un gouverneur exerçant son pouvoir sur toute l'île, lui-même soumis à l'autorité du roi de Mycènes. Mikis intervint.

– Et qui met les gens en prison ?

– Chez nous comme ailleurs, certains ont un mauvais comportement. Leur entourage essaie d'abord de les raisonner et de les aider à se corriger. Ceux qui persistent à outrager notre morale sont jugés par la Matriarche qui peut leur imposer des réparations ou même les bannir des terres hattiantes. Mais nous n'avons pas de prison. Enfermer quelqu'un dans un cachot serait contraire à notre premier principe. Seuls ceux qui représentent une menace immédiate sont enfermés dans l'attente d'être jugé par la Matriarche.

Malgré les efforts de Théodossis pour les convaincre, ils restèrent incrédules. Ils n'imaginaient pas un peuple qui ne fût pas sous l'autorité d'un souverain.

§

Habitués à la lumière matinale, nous dormions de plus en plus tard. Le sixième jour pourtant, je me réveillai à l'aube, prise d'une inquiétude que je ne comprenais pas. Soudain, il y eut une immense lueur aveuglante qui réveilla aussi les autres. Nous nous demandions ce qui s'était passé lorsqu'une détonation secoua le sol, se prolongeant en un roulement de tonnerre comme nous n'en avions jamais entendu. Une douleur intense me transperçait les oreilles. Nous nous précipitâmes sur la plage. Se détachant sur le ciel encore blafard, un gigantesque

panache de fumée noire s'élevait à toute vitesse au-dessus d'Hattiarina. À la base du nuage, des volutes de feu se formaient puis montaient en tourbillonnant dans la fumée. Les explosions se succédaient sans discontinuer. Sillonnée d'éclairs, la colonne de fumées s'élevait à une hauteur vertigineuse. Terrifiant, fascinant, cela semblait irréel. Je hurlai :
– Ma mère, Âdikete, Isthar, ils sont tous là-bas. Il faut aller les secourir !
Du regard, Théodossis voulait me faire comprendre que ce n'était pas possible.
– Ils vont mourir. Il faut aller les chercher. Emmène-moi. Vite !
Pendant que nous poussions le bateau à flot, nos camarades, paniqués, rassemblaient leurs affaires à la hâte pour retourner au port. Je ne sais comment, mais, pour une fois, j'exécutai toutes les manœuvres d'appareillage sans me tromper. En mer, je ne pouvais m'empêcher de me mettre le plus possible à l'avant du bateau, comme si cela pouvait le faire aller plus vite.
La colonne de fumées était poussée toujours plus haut par le feu que la terre crachait sans cesse. En haut, elle s'étendait en une nappe qui obscurcissait le ciel en direction du sud. Nous avancions dans un brouillard grisâtre qui s'épaississait de minute en minute. Des choses se mirent à tomber dans l'eau autour de nous. L'une d'elles transperça la voile en la brûlant. C'était une pluie de pierres incandescentes. Théodossis décida de faire demi-tour.
– Ces pierres vont endommager le bateau ou nous blesser. En plus, le vent est en train de tourner. Il va nous pousser sur Hattiarina et nous ne pourrons plus revenir.

Des éclairs crépitaient au-dessus de nous. Pour ne plus entendre ce fracas, je serrais mes mains sur mes oreilles à m'en faire éclater le crâne. Mais le bruit était partout. Il faisait vibrer tout le bateau, mes tripes, mes os. Moi qui riais de ceux qui allaient en cachette faire des dévotions dans les grottes, je me mis à prier. Je suppliai le dieu Enki de sauver ma famille. Je lui promis de faire tout ce qu'il me demanderait, de lui donner tout ce que j'avais. Je lui offris ma vie en échange des leurs.

§

La sœur de Théodossis et leurs amis étaient retournés à Ios. Ils avaient rassemblé nos affaires sur la terrasse couverte, avec quelques fruits, des poissons séchés et de l'eau. Épuisé, Théodossis s'endormit pendant que je ranimais le feu pour lui réchauffer un reste de légumes. Tout était gris. La plage, les rochers et les buissons étaient couverts de cendre, et un tapis de pierres ponces flottait sur la mer. Le soleil n'était plus qu'un disque marron dispensant une lumière lugubre. J'essayais d'imaginer ce qu'avaient pu faire les gens d'Urukinea mais je ne parvenais pas à fixer mon attention. Je n'avais que des pensées dérisoires comme le regret d'avoir bâclé mon dernier compte rendu d'enquête ou la culpabilité de n'avoir pas pris le temps de réparer la fresque d'Âdikete. L'esprit vide, je regardais les vagues pétrir mollement une boue grisâtre.

La nuit fut épouvantable. Nous avions construit une espèce de tente avec des branches de tamaris pour respirer le moins de poussière possible. À chaque fois que je commençais à m'endormir, une explosion me réveillait en sursaut, tremblante de tout mon corps. Seule la chaleur de la peau de Théodossis contre la mienne me maintenait en contact avec la vie. Sans lui, je serais morte d'angoisse sur cette plage. Le lendemain, au travers du voile de poussière, le soleil ne nous réchauffait plus. Nous grelottions de froid et de fatigue. À Hattiarina, la terre continuait à gronder sans discontinuer. L'île avait disparu, enveloppée dans la brume crépusculaire jusqu'au niveau de la mer. Au-delà, c'était la nuit noire. Nous préparâmes le bateau comme des fantômes.

Vue de la mer, couverte de cendres, Ios était sinistre. Lorsque nous arrivâmes au port, tout le monde nous attendait sur le quai. Pendant que nous accostions, ils s'efforçaient de nous sourire mais c'était l'angoisse qui se lisait dans leurs regards.

§

La cendre était partout, dans les rues, sur les terrasses, dans les maisons, dans les placards, dans les lits. Avec Anthéa, la mère de Théodossis, et Pénélope, nous passions notre temps à dépoussiérer à l'intérieur et à balayer devant chez nous. Chaque jour, il fallait évacuer des seaux et des seaux de cendres. Tout le monde faisait de même. Nous avions un jardin au fond duquel nous pouvions entasser les nôtres, mais au village, les gens étaient obligés de les déverser dans la rue. Sans répit, jour et nuit, il y avait un grondement continu, entrecoupé de crépitements et d'explosions. La nuit, même au travers des couvertures tendues sur les fenêtres, les éclairs illuminaient les chambres.

Des tensions commencèrent à monter entre les gens. Les altercations se multipliaient pour des prétextes de plus en plus futiles. Un jour, je fis une remarque à notre voisin qui secouait son tapis au-dessus de notre terrasse. Il se mit aussitôt dans une rage folle, me traitant de tous les noms et insultant la famille de Théodossis. Pénélope vint à la rescousse. Il n'y avait pas moyen de le calmer. Au contraire, sa femme s'en mêla à son tour, accusant Pénélope de coucher avec tout le village et affirmant qu'elle n'était pas surprise qu'ils hébergeassent une « tête noire ». Quand elle dit que j'eus mieux fait de rester à Hattiarina et de disparaître avec tous les Hattiantes, je descendis de la terrasse pour aller lui casser le nez. Si Théodossis et Panos n'étaient pas revenus à ce moment, cela eut mal fini. Ils allèrent eux-mêmes chez le voisin. Mêlés aux grondements d'Hattiarina, on entendit des éclats de voix puis des bruits de meubles et de vaisselle renversés. Quand ils revinrent, ils avaient l'air satisfaits.

Au fil des jours, des évènements de plus en plus graves se produisirent. Une nuit, nous fûmes réveillés par les hurlements d'une femme qui errait dans la rue, un enfant inanimé dans les bras. Depuis quelques temps, son fils était fiévreux. Il avait du mal à respirer et il toussait sans cesse. Ne l'entendant plus, elle était allée le voir et l'avait trouvé sans vie. Elle voulait aller se noyer avec lui. Pénélope et moi, passâmes le reste de la nuit auprès d'elle, pour la ramener à la raison. La mort de cet enfant s'ajoutait au décès de plusieurs personnes âgées. C'était sans doute à cause de la poussière que nous respirions toute la journée et qui empoisonnait la nourriture et l'eau.

Le pire vint peu de temps après. Les cendres transportées par l'eau s'accumulaient dans la paroi des puits, jusqu'à les colmater complètement. Au dixième jour, plus aucun puits ne

donnait d'eau dans le village. Il ne restait plus qu'une petite source sur une hauteur surplombant la rade et une autre, plus abondante, mais située au centre de l'île, à quatre heures de marche. Dans l'état de fatigue où était les gens, il leur était impossible d'aller se ravitailler si loin. Panos proposa alors d'utiliser les ânes pour organiser une caravane. Au bout de quelques jours ils s'habitueraient au trajet et trois ou quatre personnes suffiraient pour les surveiller. Cette idée nous fit prendre conscience d'un autre problème. Il allait falloir beaucoup de foin pour nourrir les ânes. Or, depuis l'explosion, nous nous occupions plus des maisons que des champs. C'était une erreur. Au lieu de balayer nos terrasses toute la journée, nous aurions dû nettoyer les pâturages. Dès le lendemain, Théodossis arriva à la maison en brandissant un curieux râteau. Il avait passé toute la nuit au port dans son hangar pour fabriquer un outil à mi-chemin entre le balai de paille et le râteau à foin. Nous allâmes tout de suite l'essayer dans le jardin. Cela marchait plutôt bien. En deux ou trois coups de ce « râteau-balai », l'herbe réapparaissait.
Panos me regardait, pensif. Soudain, il dit :
– Nous devons mobiliser tout le monde pour organiser le convoi d'ânes et nettoyer les champs. Il y a un conseil demain. Asiraa, tu viendras avec moi et tu leur expliqueras. Je préviendrai le gouverneur. Je le connais bien, je sais qu'il sera d'accord.
Une Hattiante au conseil d'un village achéen ! Par principe, cela me paraissait difficile, mais après l'altercation avec les voisins, je n'y croyais pas. Ils se braqueraient avant même de commencer à

m'écouter. Mais Panos insista. Il prétendit que si c'était lui qui leur parlait, ils invoqueraient toutes sortes d'inconvénients démontrant qu'il était plus prudent ne rien faire. En revanche il affirma qu'ils m'écouteraient sans oser me contredire. J'en doutais mais je ne pouvais pas me dérober.

Je me fis une tête la moins hattiante possible en rassemblant mes cheveux sous un foulard typiquement achéen. Le gouverneur me présenta comme la compagne du fils de Panos sans autre précision. Il justifia ma présence par mes compétences en administration de la cité. Après avoir insisté sur le fait que l'heure était grave, Panos exposa le problème des puits. Ensuite il me passa la parole sans leur laisser le temps de réagir. Adoptant sa tactique, j'entrai sans préambule dans l'explication des solutions que nous proposions pour l'eau et les cultures. Je m'efforçais de masquer le mieux possible mon accent hattiante – même s'ils savaient très bien ce qu'il en était – et je faisais mine de ne pas remarquer ceux qui tentaient de prendre la parole. Dès que j'eus terminé, après un court silence, Panos me remercia et me demanda de quitter la séance pour laisser le conseil poursuivre ses délibérations. De retour à la maison, il me raconta la suite.

– Ce sont de braves gens, mais ils ont le gros défaut de préférer parler plutôt qu'agir. Si je leur avais proposé de nettoyer les champs ou d'envoyer les ânes chercher de l'eau, nous serions encore en train de palabrer. Toi, je ne sais pas comment tu fais, mais quand tu parles, on t'écoute et on te croit. Il fallait seulement ne pas leur laisser le temps de réagir.

Panos prit les choses en mains. Il réquisitionna les ânes les plus vaillants et les fit équiper pour transporter l'eau. La caravane se mit en place aussitôt. Il chargea Théodossis de réunir des volontaires pour fabriquer en série des râteaux-balais et il désigna un membre du conseil pour organiser le ratissage des prairies. Cette mobilisation fut finalement bien acceptée par les gens du village qui avaient besoin d'être dirigés et de se sentir actifs contre le désastre.

§

Cela faisait trois semaines que la terre vomissait ses entrailles sur Hattiarina. Trois semaines sans jamais bien dormir ni bien manger, à respirer une poussière qui s'infiltrait partout et qui desséchait la bouche et la gorge, à essayer de régler des problèmes qui n'en finissaient plus de surgir les uns après les autres et, pour moi, à ressasser jour et nuit jusqu'au vertige les mêmes questions sans réponse sur ce qui avait pu arriver à ma mère, à mon frère, à mes cousines, à mes amis de l'école, à Mère Inanna. J'avais le sentiment que la nature ne voulait plus de nous. Nous continuions à ratisser les champs, à charrier la cendre, à soigner les bêtes, à essayer de faire pousser des légumes. Nous continuions à vivre, mais nous ne savions plus pourquoi.

Et puis, un matin je me réveillai avec l'impression d'avoir mieux dormi que d'habitude. Le grondement était moins fort et surtout, il n'y avait plus d'explosions. Je me précipitai sur la terrasse. L'épais brouillard de cendres qui enveloppait entièrement Hattiarina s'était dissipé, laissant entrevoir à nouveau la colonne de fumées au-dessus de l'île. Elle était toujours parcourue d'éclairs, mais elle bourgeonnait moins et il n'y avait plus les boules de feu à l'intérieur. Le cauchemar allait-il se terminer ? Nous n'osions pas y croire.

Les jours suivants, l'accalmie se confirma. Le matin, nous avions de moins en moins de poussière à balayer et le ciel, de plus en plus lumineux, redevenait bleu. C'était encore un bleu pâle, presque gris, mais c'était suffisant pour que nous reprenions espoir. On pouvait enfin travailler sans avoir à tout recommencer le lendemain et en se reposant la nuit. Le village, comme le ciel, reprit lui aussi des couleurs. Une fois nettoyés, les façades, les portes, les volets ne se recouvraient plus de poussière grise d'un jour sur l'autre. Un à un les puits furent remis en fonctionnement. Comme Anthéa qui allait bientôt avoir une dizaine de poussins, chacun s'affairait à reconstituer ses ressources. Moi, je ne parvenais pas à me réjouir de ce retour à la vie. Au lieu de s'atténuer, la question de savoir ce qu'étaient devenus tous ceux que j'aimais m'obsédait et m'angoissait de plus en plus. Théodossis me poussait à participer à la renaissance de son village, mais l'enthousiasme qui régnait ne faisait qu'accentuer mon désespoir. Au fond, j'avais honte d'être en vie.

Un jour, je ratissais une nouvelle parcelle où Panos voulait replanter des légumes. La couche de cendres était tassée et je ne progressais pas. Je m'occupais l'esprit en essayant de compter combien de coups de râteau il me restait à faire lorsque, subitement, j'eus l'impression qu'Âdikete était juste derrière moi. Il pleurait et il m'appelait au secours. J'en eus des frissons dans tout le corps. La nuit suivante, je ne parvenais pas à

trouver le sommeil. Assise sur le lit, j'avais encore l'impression de l'entendre pleurer. Et s'il avait survécu ? Peut-être ressentais-je son angoisse. Après tout, il pouvait y avoir des endroits où des gens avaient pu s'abriter. Je réveillai Théodossis.
– Emmène-moi à Hattiarina. Je veux savoir ce qu'il s'est passé.
Sans se tourner, il grommela.
– Je veux bien, mais tu risques de le regretter. Réfléchis bien.
– Je veux savoir.

§

Nous allions dépasser la pointe sud de Ios et pourtant nous ne voyions toujours pas Hattiarina. Plusieurs fois, prise d'angoisse à l'idée qu'elle eût été engloutie, je faillis demander à Théodossis de faire demi-tour. Nous n'aperçûmes finalement la silhouette de l'île qu'après plus d'une heure de navigation. Depuis Ios, on ne la voyait pas parce qu'elle était trop claire. Entièrement couverte de cendres elle se confondait avec la brume. Arrivés à une dizaine de stades de la côte, nous ne distinguions toujours aucune maison ni aucun arbre. L'île émanait une chaleur que nous ressentions depuis le bateau. Il n'y avait plus de relief. Tout avait été effacé. Hattiarina avait disparu sous des dizaines de coudées de cendres formant une unique surface lisse jaunâtre. Nous ne pouvions plus nous repérer. Comment pouvait-il se faire que notre île, après nous avoir si généreusement nourris pendant mille ans, voulût subitement nous détruire ainsi ?
Nous sûmes que nous avions dépassé Aphaia en voyant la falaise rouge qui se situait juste après le port. Théodossis voulut s'arrêter pour manger et se reposer avant de rentrer. Il accosta

au pied de la falaise. Je partis en quête de bois flotté pour cuire le poisson qu'il avait pris pendant la traversée. J'en trouvai tout de suite. Beaucoup. Des morceaux de bois, calcinés mais dont on voyait encore qu'ils avaient été peints de couleurs vives. Ces couleurs je les connaissais bien : c'était celles des bateaux d'Aphaia. Je m'assis au bord de l'eau, contemplant ces planches colorées dispersées sur la plage. C'était presque joli. Théodossis vint s'asseoir près de moi. Anéantie, je me serrai contre lui.

§

Pour m'empêcher de penser, Théodossis ne me laissait aucun répit. Pourtant si taiseux d'habitude, il me parlait sans cesse. De tout, de rien, sans se soucier de savoir si je l'écoutais ou pas. Il me racontait sa journée de pêche, il me donnait des nouvelles des voisins hystériques ou de la basse-cour de sa mère. Anthéa, Pénélope et même Panos s'y mirent également. Ils trouvaient toujours des prétextes pour avoir absolument besoin de mon aide. Ces attentions me réconfortaient, mais la douleur et l'abattement ne me quittaient pas. La nuit, des cauchemars horribles me réveillaient, tremblante d'angoisse. J'en avais tellement peur que je ne voulais plus m'endormir. Quand le sommeil me gagnait malgré moi, la sensation de tomber dans le vide m'obligeait à reprendre conscience pour faire cesser ce vertige. Une nuit, je rêvais que je me débattais en pleine mer dans de gigantesques vagues. Au moment où j'allais me noyer, je bondis hors du lit en réveillant Théodossis en sursaut.
– Tu ne peux pas continuer comme ça. Il faut que tu te ressaisisses.

– Je n'aurais jamais dû partir. Je les ai abandonnés. Je me déteste.
– Que dis-tu ? Tu n'as abandonné personne. Tu ne pouvais pas savoir ce qui allait arriver.
– Alors pourquoi ai-je voulu partir juste avant ?
– C'est le hasard. Tu n'y es pour rien.
– Et pourquoi suis-je la seule à avoir été épargnée.
– C'est ainsi. Les déchaînements de notre Terre sont aveugles. Ils ne se soucient pas d'épargner untel ou untel. Cesse de chercher des explications où il n'y en a pas.
– Tu te souviens ? Plusieurs fois, sur la plage, j'ai eu l'impression que le sol tremblait. Comme vous m'avez tous dit n'avoir rien ressenti, je n'ai pas insisté. Maintenant, je suis sûre que c'était réel. J'aurais dû y croire et retourner à Hattiarina.
– Et à quoi cela aurait-il servi ?
– Au moins je serais morte avec eux. D'abord mon père. Maintenant ma mère, mon frère, mes cousines, tous ont disparu. Je n'ai plus personne. La voisine avait raison. Il aurait mieux valu que je reste là-bas.
– Arrête ! Ce qu'il t'est arrivé est épouvantable mais cesse de t'apitoyer sur ton sort, ça ne mène à rien.
Après un instant, il ajouta :
– Je n'ai pas disparu, moi.
Horrifiée de ce que j'avais dit, je n'osais pas me retourner de peur de croiser son regard. C'est lui qui rompit l'interminable silence qui suivi.
– Tant que tu ne sauras pas ce que sont devenus ceux de ta famille, tu continueras à te torturer de questions. S'il y a eu des

survivants, ils sont certainement allés à Kephti. C'est une terre hattiante et le vent les y portait. Alors je vais t'emmener là-bas. Nous y resterons le temps qu'il faudra jusqu'à ce que tu saches ce qu'ils sont devenus et que tu te libères des démons qui nous éloignent l'un de l'autre.

Entre l'espoir de retrouver des survivants et l'angoisse d'être confrontée à une insupportable réalité, je ne savais plus ce que je voulais.

– Qu'as-tu ? Tu ne veux pas y aller ?

Je me forçai à balbutier :

– Si, si. Tu as raison. Emmène-moi.

§

KEPHTI

Dès que Ios se confondit au loin avec l'horizon, je me sentis mieux. C'était un sentiment égoïste mais, là-bas, malgré la bienveillance de la famille de Théodossis, j'étouffais. Seulement nous deux avec la mer et le ciel, je pouvais enfin laisser mes pensées divaguer librement. Une chanson que ma grand-mère m'avait apprise me revint en tête. Comme je la fredonnai, Théodossis me demanda ce que c'était.
– C'est une très vieille chanson qui daterait même du temps d'avant la fondation d'Urukinea. Tous les Hattiantes la connaissent.
– Ça parle de quoi ?
– Ça parle de moi. Écoute.

Célébrez Isthar, la plus auguste des Mères,
Honorée soit la Souveraine des femmes, la plus grande de toutes
Elle est joyeuse et revêtue d'amour.
Pleine de séduction, de féminité, de volupté
Isthar joyeuse revêtue d'amour,
Pleine de séduction, de féminité, de volupté
Ses lèvres sont tout miel sa bouche est vivante
À sa vue, la joie exulte

Elle est majestueuse, tête couverte de joyaux
Splendides sont ses formes, ses yeux, perçants et vigilants
C'est la déesse à qui l'on peut demander conseil
Le sort de toutes choses, elle le tient en mains
De sa contemplation naît l'allégresse,
La joie de vivre, la gloire, la chance, le succès
Elle aime la bonne entente, l'amour mutuel, le bonheur,
Elle détient la bienveillance
La jeune fille qu'elle appelle a trouvé en elle une mère
Elle la désigne dans la foule, elle prononce son nom
Qui ? Qui donc peut égaler sa grandeur ?

– Ça parle de toi ?
– Pleine de séduction, de féminité et de volupté. Ce n'est pas moi, ça ?
– Il y en a beaucoup d'autres.
– Je te remercie ! Et tu ne trouves pas que splendides sont mes formes ?
– Si, et aussi qu'une petite prétentieuse tu es !
– Je te fais marcher ! Je disais que ça parle de moi à cause de la fin de la chanson, quand elle dit « La jeune fille qu'elle appelle a trouvé en elle une mère, elle la désigne dans la foule, elle prononce son nom. » Ça me fait penser à ce que Mère Inanna m'avait dit.
Il se remit à sa navigation en bougonnant.

§

Pour ne pas arriver de nuit, Théodossis décida de faire escale à Askania, un minuscule îlot perdu en pleine mer, à environ un tiers de notre route vers Kephti. Nous y arrivâmes en fin d'après-midi. Il y était tombé beaucoup plus de cendres qu'à Ios. La couche était si épaisse que l'île n'était plus qu'un dôme jaunâtre uniforme. On eut dit une motte de beurre flottant sur l'eau. Le vent du nord avait poussé le nuage de cendres en direction de Kephti. L'état de cet îlot me fit craindre qu'elle aussi eût pu être touchée. Théodossis affirma qu'à plus de quatre cents stades, elle était beaucoup trop loin.

Depuis que le nuage de cendres s'était dissipé, le soleil devenait marron tôt dans l'après-midi. Au couchant, le ciel prenait des couleurs rouge violacé inhabituelles puis, un froid glacial tombait rapidement. Ce soir-là, emmitouflés sous nos peaux de mouton, le monde se réduisait pour moi à la chaleur et à l'odeur de Théodossis. J'aurais préféré rester éveillée pour en profiter le plus possible, mais avec les petites vagues qui berçaient le bateau, je ne tins pas longtemps.

Le lendemain, à cause du vent portant, il faisait presque trop chaud sur le bateau. Nous pûmes parler, nous disputer et rire normalement. Nous essayâmes même de faire l'amour, mais au fond du bateau, avec la chaleur et le roulis, je dus arrêter en cours de route. À la mi-journée, Kephti apparut sur l'horizon. D'évidence, malgré l'éloignement d'Hattiarina, le nuage de cendres l'avait atteinte. On voyait les maisons, les arbres et même des vignes par endroit mais les champs et la montagne étaient uniformément gris.

Nous avions décidé de débarquer à Kamaljia, la grande cité de la côte Nord de Kephti. Je connaissais la Matriarche. Pendant mes stages, Mère Inanna me l'avait présentée lors d'une de ses

visites à Hattiarina. Je pensais qu'elle pourrait nous aider. Au port, un seul bateau était à quai. Son propriétaire, en train de réparer une voile, ne prêta aucune attention à notre arrivée. Peu avenant, il daigna nous expliquer que tout le monde était en mer toute la journée parce que la pêche ne donnait presque plus rien. Lorsque Théodossis lui demanda où était la capitainerie du port, il leva les yeux au ciel et se remit à son travail. Comme nous nous éloignions pour essayer de trouver quelqu'un de plus loquace, il cria :
– Vous feriez mieux de ne rien laisser dans votre bateau.
Théodossis fit un ballot avec nos vêtements et je pris le peu d'eau et de nourriture qui nous restait. Ayant compris que plus rien ne fonctionnait au port, nous partîmes directement pour Kamaljia. La route avait été dégagée. De chaque côté, le talus de cendres était à la hauteur du genou. Dans les champs, de loin en loin, des masses sombres dépassaient de la couche grise. À notre approche de l'une d'elles, une nuée de corbeaux s'envolèrent en croassant. C'était des carcasses de vaches en décomposition.
Entre le port et la cité la route traversait un village. Les rues encombrées de cendres, il semblait avoir été déserté par ses habitants. Juste après, à l'entrée de Kamaljia, il y avait des bains dont la toiture s'était effondrée dans le bassin. À chaque pas, nous nous rendions un peu plus compte que Kephti était dans un état encore pire que Ios. En montant l'escalier principal, nous entendîmes une rumeur venant de la Place Centrale. Cela nous parut d'abord réconfortant mais, en débouchant sur l'esplanade, nous eûmes un choc. Des centaines de personnes étaient assises

là, par groupes, la plupart autour d'un feu. Kamaljia était envahie par des réfugiés qui avaient fui les campagnes devenues inhabitables. Certains avaient aménagé un abri avec des morceaux de bois et des toiles. La fumée rendait l'air irrespirable. Il régnait un calme oppressant. Abasourdis, incapables d'entrer dans cette foule, nous nous assîmes sur une margelle à l'entrée de la place. Kephti était ravagée. Si des survivants d'Hattiarina étaient parvenus jusqu'ici, qu'étaient-ils devenus dans ce chaos ? J'interpellai une jeune femme qui distribuait de la soupe pour lui demander où se trouvaient les locaux matriarcaux. Elle m'indiqua leur direction d'un signe de tête.

À l'intérieur du bâtiment, il faisait très sombre. Les couloirs étaient encombrés d'objets que les gens avaient dû apporter sans se rendre compte qu'ils ne leur serviraient à rien. L'odeur âcre des torches brûlait la gorge. Dans la pénombre, on distinguait des familles qui n'avaient sans doute pas trouvé de place sur l'esplanade. L'office de la Matriarche était ouvert. Mère Nanshe nous aperçut.

– Qui est là ?

– Je suis Asiraa d'Urukinea, Mère.

Elle ne répondait pas.

– Je vous ai été présentée par Mère Inanna lors d'une de vos visites à Hattiarina.

– Asiraa ? Mais comment est-ce possible ?

– Je n'étais pas à Hattiarina au moment de l'explosion.

– Donne-moi une minute. Tu vas m'expliquer.

Mère Nanshe était à l'opposé de Mère Innana. Petite, mince, maquillée avec soin, elle s'exprimait nerveusement, ce qui donnait une impression, fausse, d'agressivité. Son office était décoré d'une grande fresque très gaie représentant la fête des moissons. Lorsqu'elle s'aperçut que j'évitais de la regarder, elle m'avoua qu'elle lui faisait le même effet. Elle avait envisagé de la cacher mais elle l'avait laissée pour se rappeler que c'était à elle de faire revenir ces temps heureux.

Je lui racontai comment j'avais échappé à la catastrophe et, avec beaucoup d'efforts pour dominer mon émotion, l'état dans lequel nous avions vu Hattiarina.

– Tu as eu beaucoup de chance.

Je me retins de lui dire que je ne savais pas si c'était une chance ou une malédiction. Elle nous décrivit ce qui était arrivé à Kephti.

– En quelques heures, le nuage de cendres a obscurci le ciel. Dès le deuxième jour, au milieu de la journée, il faisait plus sombre qu'une nuit de pleine lune. C'était très angoissant. La cendre tombait en flocons recouvrant tout. Lu-Dumuzi, notre Intendant Général, a tout de suite fait occulter toutes les ouvertures des entrepôts pour protéger les réserves. Il a interdit l'utilisation des céréales pour la fabrication de bière et il a imposé un rationnement rigoureux. Ensuite, il a mobilisé tout le monde pour déblayer les toits qui menaçaient de s'effondrer. La population a bien réagi. Ce qui nous a sauvés, c'est que nous n'avons pas manqué d'eau. La source principale qui alimente Kamaljia vient des profondeurs de la montagne. Elle coule toujours abondamment et elle n'est pas corrompue.

– Dans les campagnes, ce fut bien différent. Rapidement, les puits sont devenus inutilisables. Sans nourriture et sans eau, désemparés, les paysans sont venus se réfugier ici par centaines. Ceux qui n'ont pas pu descendre des montagnes sont probablement tous morts maintenant. Nous n'avons pas pu aller les secourir. Il y avait trop à faire ici.
– Maintenant, nous survivons grâce aux réserves et à la pêche. Ce qui m'inquiète, c'est l'hiver prochain. Nous avons réussi à sauver une partie du cheptel de la cité mais, à part quelques vaches et quelques ânes que des réfugiés ont amenés, tout le bétail des campagnes est mort, empoisonné par les cendres. Les récoltes d'été sont perdues et on ne sait pas quand on pourra remettre les champs en culture. Pour l'instant, nous vivons au jour le jour mais nous allons certainement au-devant de grandes difficultés.

Je lui fis part de la raison de notre venue à Kephti.
– Aucun bateau de rescapés n'est arrivé ici. Mais, depuis l'explosion, nous sommes coupés du monde. Il y en a peut-être eu ailleurs.

L'intendant Lu-Dumuzi intervint.
– J'ai entendu dire qu'au large de Chaminjia un pêcheur aurait aperçu une voile d'Hattiarina.
– Où se trouve Chaminjia ? Peut-on y aller en bateau ? demanda Théodossis.
– C'est à une centaine de stades d'ici, en direction du levant. Mais je vous déconseille d'y aller. Plus on va vers l'est, plus il y a de cendres. La route doit être impraticable et là-bas, ce doit

être terrible. Je me doute de ce que tu ressens, Asiraa, mais je vous en conjure : fuyez cet enfer, retournez à Ios.

§

Sur le chemin du port, Théodossis réfléchissait à haute voix.

– Il reste une chance pour que ce bateau ait existé. Nous allons faire le détour par Chaminjia avant de rentrer à Ios. Cela nous rallongera de deux ou trois jours, mais nous en aurons le cœur net.

Soudain, il se mit à jurer en achéen avec des mots que je ne connaissais pas. Hors de lui, il regardait de tous les côtés en criant :

– Où est notre bateau ? On nous a volé notre bateau !

– C'est affreux. Qu'allons-nous faire ?

– Nous allons les attendre. Je vais leur montrer comment on traite les voleurs, chez nous, tu vas voir.

Un homme s'était approché.

– Ils ne reviendront pas. Ce sont des gens de Kunisuu qui l'ont volé. J'habite à l'entrée du port. Je les ai vu arriver. Votre bateau va pêcher pour le compte d'Issessinak, maintenant.

– Issessinak ?

– L'Intendant Général de Kunisuu. C'est lui qui dirige tout, là-bas. La Matriarche, on ne la voit plus. Certains disent même qu'elle est morte.

– Mais un Intendant Général ne peut pas gouverner la cité par lui-même.

– Tu as raison, petite… mais dans l'état où se trouve Kephti, auprès de qui pourrait-on se plaindre ? À qui reste-t-il assez de force pour empêcher Issessinak de faire ce qu'il veut ?

– Comment cela a-t-il pu arriver ?
– À cause de sa mauvaise santé leur Matriarche s'en remettait de plus en plus à son Intendant Général. Tous ceux qui allaient à Kunisuu disaient qu'il y régnait un climat étrange. Il s'y déroulait fréquemment des festivités d'un faste extravagant et, malgré cela, les gens avaient toujours l'air triste. Dans les campagnes, les paysans se plaignaient que la cité leur réclamait toujours plus de leurs récoltes. Après la catastrophe, les choses ont empiré. La cité s'est fermée. On ne sait plus comment ils vivent à l'intérieur. On dit qu'ils forcent les femmes et les enfants à travailler.

Théodossis insista sur les moyens de récupérer son bateau. L'homme fut catégorique.

– Ils prennent tout ce qui peut servir au ravitaillement, alors un bateau de pêche, en ce moment ... ! Ils vont le repeindre et vous ne le reverrez jamais.

Désemparés, nous retournâmes à Kamaljia pour y passer la nuit. Sur la Place Centrale, nous nous installâmes près d'un feu autour duquel se réchauffaient trois familles. En observant la foule, je remarquai que très peu de gens se déplaçaient et qu'on ne voyait personne entrer ou sortir de la place. Il ne se passait plus rien. Ils étaient dépassés par l'ampleur du désastre.

Il ne nous restait qu'un peu de pain et un maquereau séché. La bouillie d'avoine chaude distribuée à tout le monde fut bienvenue. N'arrivant pas à trouver une position confortable pour dormir, nous passâmes la nuit à discuter de ce que nous pouvions faire. Il n'était pas question de rester sur cette place. Nous décidâmes de partir à Chaminjia à pied. Nous pourrions au moins voir ce qu'il en était de ce bateau avant de chercher un moyen de rentrer à Ios. Mais nous n'avions plus assez de vivres pour voyager par la route. Seule la Matriarche pouvait décider de nous en donner. Nous retournâmes la voir.

– Mère Inanna espérait beaucoup de toi, Asiraa. En sa mémoire, je veux t'aider. J'ai une ânesse dont le petit est mort il y a deux jours. Vous allez la prendre. Elle portera votre fardeau et elle vous donnera du lait. Elle est robuste. Tu pourras monter dessus si tu es fatiguée. On vous donnera de l'avoine pour elle et pour vous. Malheureusement, je ne peux pas faire plus.

L'Intendant nous suggéra de prendre un arc et des flèches. D'après lui, il y avait encore du petit gibier sous les buissons et près des haies. Il ajouta que ce serait en plus une sécurité sur des routes de moins en moins sûres. Mère Nanshe m'emmena voir son ânesse. Elle s'appelait Waspi. Avec son museau blanc et ses yeux cerclés de même, on eut dit qu'elle était maquillée. Je tombai immédiatement amoureuse d'elle et ce fut sans doute réciproque car elle me suivit sans hésitation.

§

Nous partîmes dès le lendemain à l'aube. À l'horizon, en direction d'Hattiarina, on apercevait la colonne de fumées. Ce n'était plus qu'un mince filet qui se dispersait très haut dans le ciel. Sous nos pieds, la couche de cendres était irrégulière. Par endroits elle était pâteuse, collante même, tandis qu'ailleurs il s'était formé une croûte qui cédait sous nos pas. Waspi était une bonne bête. Elle avançait régulièrement sans qu'on ait à s'en occuper. Elle portait l'eau, notre paquetage et l'avoine. Pour passer le temps, je lui parlais. Je lui racontais des histoires de la vie d'avant à Urukinea, ou alors je lui expliquais ce que nous allions faire une fois arrivés à Chaminjia. Théodossis trouvait ridicule de parler à un âne. Moi j'étais sûre qu'elle était contente qu'on lui parlât. Elle aussi devait trouver le temps long. Et elle aussi devait avoir peur dans ce paysage sinistre.

Le deuxième jour, nous arrivâmes dans la partie la plus haute de notre route. À cause du vent, la couche de cendres y était peu épaisse et très dure. La marche était moins fatigante que la veille. À perte de vue, on ne voyait que les champs uniformément gris sur lesquels se découpaient les squelettes des arbres sans feuilles. Je marchais, l'esprit égaré dans ce paysage sans vie, lorsque j'aperçus, en contrebas, un rectangle sombre bien net. Quelqu'un avait déblayé un lopin de terre sur lequel, sagement attachée à son piquet, une chèvre broutait une herbe maigre mais verte. Elle partageait son petit pré avec deux poules et un canard. La maison du propriétaire se trouvait un peu plus loin, cachée dans un bosquet d'arbres, verts eux aussi. Dès que nous nous approchâmes, le paysan vint vers nous. Malgré sa barbe, ses cheveux longs et ses habits élimés, il n'avait rien d'un miséreux. Il se tenait droit, l'air menaçant, tenant des deux mains une fourche à dents de métal.

– Qui que vous soyez, passez votre chemin. Il n'y a rien ici que je veuille partager avec vous.

Je lui assurai que nous avions tout ce qu'il nous fallait et que nous n'attendions rien de lui. Il baissa sa fourche.

– Je viens d'Hattiarina. J'ai échappé à la catastrophe et nous sommes à la recherche d'autres rescapés.

Contrairement à ce qu'il affirmait, il n'avait qu'une envie, c'était de parler à quelqu'un. Redevenant lui-même, il nous proposa de venir boire un bol de cidre. Avant l'explosion, il exploitait cette ferme avec deux ouvriers. Il avait des vignes, des pommiers et un troupeau de chèvres. Dès les premiers jours, ils s'étaient organisés pour essayer de sauver au moins une partie de l'exploitation. Ils secouaient les branches des arbres pour nettoyer les feuilles et ils déblayaient des parcelles à la pelle. Mais tous les jours, tout était à refaire. Les ouvriers s'étaient découragés et, comme la plupart des autres paysans, ils étaient partis à Kamaljia. Lui n'avait pas voulu quitter sa terre. Il avait nettoyé sans relâche le petit pré, « matin et soir pour que l'herbe ne soit pas étouffée ». Il avait également aménagé un potager où commençaient à sortir quelques légumes, arrosés par une source qui coulait toujours. De tous ses animaux, il n'avait pu sauver que ceux que nous avions vus.
Je lui demandai pourquoi il était si méfiant.
– Les choses ont bien changé à Kephti. Vous autres, à Hattiarina, vous ne vous en rendiez pas compte. Je le sais parce qu'un de mes cousins travaillait à Aphaia. Ici, depuis plusieurs années, le mal se répandait. C'était à cause de l'Intendant Issessinak. Ce scélérat a profité de la faiblesse de la Matriarche pour s'emparer de la cité et lui imposer son pouvoir destructeur. C'est un bâtard qui a du sang égyptien dans les veines. Il est jaloux de Kamaljia et de Payto, les deux autres grandes cités de Kephti. Comme le pharaon, il a fait des constructions toujours plus grandes, toujours plus prétentieuses, qui ne servent qu'à flatter

son orgueil. On dit que ses appartements sont d'un luxe dément.

– Ma fille est coiffeuse. Le plus souvent, elle travaille à Kamaljia, mais elle va aussi à Kunisuu. Elle a vu les choses y empirer de mois en mois. Avant l'explosion d'Hattiarina, la cité était déjà devenue invivable. Les sbires d'Issessinak terrorisaient tout le monde. Malheur à qui se plaignait, ou pire, à qui critiquait l'Intendant Général. Ceux qui s'y risquaient disparaissaient plusieurs jours et quand ils revenaient, on ne pouvait plus rien en tirer.

– Ta fille continue à aller à Kunisuu ?

Il resta quelques instants le regard perdu.

– La semaine avant la catastrophe, elle m'avait dit qu'elle voulait arrêter son travail et revenir à la ferme. Elle aimait s'occuper des animaux et elle savait faire les fromages. La veille de l'explosion, elle est allée travailler à Kamaljia. Elle devait revenir une semaine après mais, avec les cendres qui tombaient et l'obscurité elle n'a sans doute pas pu prendre la route. Lorsque le nuage s'est dissipé, elle n'est toujours pas revenue. Alors je suis allé à Kamaljia. Les gens chez qui elle allait m'ont confirmé qu'elle était venue, mais ils ne savaient pas ce qu'elle avait fait après. Les miliciens de Kunisuu l'ont enlevée, j'en suis sûr. Ils rôdent sans arrêt autour de Kamaljia pour rançonner et voler. Et ils enlèvent des femmes.

– Pourquoi enlèveraient-ils des femmes ?

– Je ne sais pas. Ce qui est sûr, c'est que, depuis la catastrophe, des femmes ont disparu. Ma fille en fait partie. Croyez-moi, faites attention. Ils rôdent partout.

Cette histoire d'enlèvements paraissait invraisemblable mais, après le vol de notre bateau, on pouvait s'interroger sur les rumeurs à propos de Kunisuu.

– Je te souhaite de retrouver ta famille à Chaminjia, mais je vous préviens : là-bas, c'est encore pire qu'ici. Vous ne pourrez pas rester.

Depuis le début, il manipulait un petit objet en argile qui m'intriguait.

– C'est son sceau pour entrer à Kunisuu. Elle ne voulait plus y aller. Tiens, prends-le. Si le hasard la met sur votre chemin, tu le lui montreras et tu lui diras que je suis toujours vivant et que je l'attends. Elle s'appelle Ninissina, fille de Lugal-Kahn.

Il n'y avait aucune chance que nous retrouvions sa fille. Incapable de le lui dire, je pris le sceau. Il me serra longuement dans ses bras.

– Merci de t'être arrêtée chez moi. Que votre amour vous protège.

§

Un peu plus loin, Théodossis repéra un gros bosquet de genévriers en contrebas. Sous ce genre d'arbustes, le sol était resté à nu. Il espérait pouvoir y débusquer des lapins ou des perdrix venus chercher de la nourriture. Il décida d'établir notre campement au bord de la route puis il partit en promettant que nous allions enfin en finir avec les bouillies d'avoine au lait d'ânesse. Je me mis tout de même à la traite de Waspi.

– C'est une bien belle bête que tu as là !

Un frisson de frayeur me parcourut l'échine. En me dégageant de Waspi, je trébuchai et me retrouvai par terre. Deux hommes me regardaient en ricanant. Un grand barbu et un petit gros. Ils étaient habillés tous les deux de la même façon, avec un gilet, une jupe, une cape en laine et des bottes de peau de mouton. Quasiment neufs, ces vêtements leur donnaient l'air de commis de la cité.

– Excuse-moi, je ne voulais pas te faire peur. On se demandait si tu n'aurais pas quelque chose à manger pour nous.

Pendant que le barbu fouillait dans nos affaires, le petit gros avançait vers moi en se dandinant. Il avait de petits yeux enfoncés dans la graisse de son visage bouffi. Il tira un poignard passé dans sa ceinture. Toujours au sol, cherchant à reculer, ma main heurta une grosse branche morte. Je m'en saisis et l'agitai devant moi pour tenter de le tenir à distance.

– Tu sais te défendre, toi. Tant mieux. J'adore quand elles résistent.

Avant que je pusse réagir, il se jeta sur moi, appuyant son poignard sur ma gorge. Il me bloquait les bras avec les genoux. Je hurlai de douleur. Il me gifla à toute force.

– Ferme-la ou je t'égorge !

Penché en avant, de sa main libre, il s'efforçait de dégager son sexe. Je n'osais plus bouger, de peur que son couteau me tranchât la gorge. Son acolyte délaissa notre paquetage.

– Attends. Tiens-la tranquille, je vais la faire mouiller.

Il arracha ma jupe. Je lançais les jambes dans tous les sens pour essayer de lui donner des coups de pied. Il ricanait.

– Bloque-lui les jambes, elle gigote sans arrêt.

Le gros s'étala sur moi de tout son long en me tenant les bras et en m'écartant les cuisses avec ses genoux. Je suffoquais. L'autre commença à me fouiller le sexe.
– Mmm, ça te plaît ç… »
Il y eut un petit bruit mat. Il enleva sa main, se leva en gesticulant et tomba en avant, tout droit. Le petit gros, lui, eut seulement le temps de commencer à se relever. Je vis la pointe de la flèche sortir de sa poitrine. Il ouvrit la bouche, resta comme ça quelques instants avant de s'affaler sur moi en m'enfonçant la pointe de la flèche dans l'épaule. D'un coup de pied, Théodossis le fit rouler de côté. Le barbu était mort. Le petit gros agonisait en râlant. Théodossis l'acheva en lui tranchant la gorge, puis il récupéra les poignards et la flèche du petit gros. L'autre flèche s'était brisée. Il poussa les deux cadavres dans le bas-côté de la route et les recouvrit de cendre.
Assise sur un rocher, agitée de tremblements incoercibles, je sanglotais en essayant d'expliquer ce qui s'était passé. Théodossis me frottait le dos pour essayer de m'empêcher de trembler. Lorsque je pus recommencer à penser, je n'eus plus qu'une idée : me laver. Nous n'avions pas beaucoup d'eau, mais il fallait effacer les traces immondes. Je crois que j'aurais pu frotter avec une pierre ponce. Malgré l'heure tardive, je montai sur Waspi et nous repartîmes. J'avais mal partout. Mes bras étaient couverts de bleus et ma blessure à l'épaule me brûlait. Je repensai à Ninissina, la fille du paysan. La malheureuse avait sans doute eu affaire à des brutes de ce genre.

§

Nous marchâmes toute la nuit, jusqu'au col donnant sur la baie de Chaminjia. De l'autre côté de la montagne, la couche de cendres était de nouveau très épaisse. On s'enfonçait à mi-mollet. Heureusement, j'avais Waspi pour me porter. Je n'aurais jamais eu la force de continuer. Sur son dos, à demi inconsciente, me revenaient sans cesse la vision de l'homme qui s'avançait vers moi, l'angoisse de me sentir prisonnière sous son poids et l'horrible sensation des doigts qui me violaient. À l'aube, nous eûmes un peu de réconfort avec le spectacle du lever de soleil sur la baie de Chaminjia.

La route menait d'abord au port. Comme à Kamaljia, il était désert. Nous cherchions chacun de notre côté quelqu'un pour nous renseigner lorsque Théodossis m'appela. Il avait découvert un bateau abandonné au fond du port. Le mât cassé, rempli de cendres recouvrant ce qui devait être les voiles, une brèche ouverte sur un côté, il était en piteux état. La proue était immergée presque jusqu'au plat-bord mais on voyait encore nettement les décorations d'Hattiarina. Je n'osais y croire.

– Ne t'emballe pas, dit Théodossis, Il a l'air très mal en point. Il était peut-être déjà là avant l'explosion.

Moi, au contraire, j'étais persuadée que ce bateau était arrivé ici après la catastrophe. Les dégâts correspondaient à la pluie de pierres que nous avions nous-mêmes subie. Il pouvait avoir sauvé des dizaines de personnes. Dans ce cas, elles devaient être encore dans la cité de Chaminjia qui se trouvait à quelques stades du port.

§

Comme nous l'avaient dit Mère Nanshe et Lugal-Khan, de ce côté de Kephti la couche de cendres faisait plus d'une coudée d'épaisseur. Les arbres avaient perdu leurs feuilles et, dans les champs, des carcasses d'animaux morts gisaient un peu partout. Aucune prairie n'était déblayée. Dans la cité même, seule la longue rue principale était à peu près dégagée. Dans les ruelles, la cendre était seulement tassée au milieu par le passage des gens. En arrivant sur la Place Centrale, nous croisâmes enfin une femme. Elle ployait sous le poids de deux seaux accrochés à un joug posé sur ses épaules. Je lui demandai où aller pour voir la Matriarche. Elle était décédée deux semaines auparavant et la nouvelle était à Kamaljia pour se présenter à Mère Nanshe. Elle nous suggéra d'aller voir l'Intendant en nous indiquant la direction de son office. Pressée de poursuivre son chemin, elle nous oublia. L'Intendant n'était pas là non plus. Il n'y avait qu'un employé de la cité occupé à balayer la cendre. Il affirma que, s'il y avait des gens d'Hattiarina, ils seraient certainement dans le camp des réfugiés situé en contrebas de la cité.

Dans un vallon encaissé, des centaines de familles qui avaient fui les campagnes s'étaient entassées dans un inextricable enchevêtrement de baraquements. Seuls quelques enfants jouaient dans les étroites ruelles. Je demandai à l'un d'eux de nous conduire à ses parents. Il nous amena à une cabane faite de branches de tamaris sur les murs et de peaux sur le dessus. À l'intérieur, je pouvais tout juste me tenir debout. Théodossis, lui, était obligé de rester courbé. Le seul éclairage était la lueur du feu sur lequel chauffait une marmite dont l'odeur me donna un haut le cœur. Je ne pouvais même pas voir combien de

personnes il y avait dans ce réduit. Sans hésiter, la femme qui s'occupait de la marmite nous confirma qu'il y avait bien des gens d'Hattiarina regroupés à l'autre extrémité du vallon.
J'étais venue ici en espérant entendre cela mais je ne pensais pas que c'eut été un tel choc. Prise de vertige, je dus m'asseoir sur un tabouret. La peur l'emportait sur la joie d'apprendre qu'il y avait des survivants. Dans quelques instants, j'allais peut-être devoir affronter le pire. En me relevant, l'idée de m'enfuir me traversa l'esprit. La femme me prit dans ses bras. Elle me murmura :
– Tu as été courageuse de venir jusqu'ici. Va au bout.
Nous déambulions dans les ruelles du quartier qu'elle nous avait indiqué, lorsqu'une fillette venue derrière nous me tira par la manche. En voyant mon visage, elle s'enfuit en criant « Maman, maman, c'est Asiraa, elle est là, je l'ai vue. » Elle s'engouffra dans une cabane pour en ressortir aussitôt, suivie de ses parents. Un attroupement se forma rapidement autour de nous. Les gens nous assaillaient de questions. Un homme leur demanda de s'écarter et de nous laisser pour qu'il puisse me parler à part. Je reconnus Sin-Andul et son épouse, Lu-Ninurta, des amis de mon oncle qui venaient parfois à la maison.
– C'est une grande joie de te revoir, Asiraa ... Ta mère nous avait dit que tu étais partie à Ios ...
Il hésitait entre chaque phrase. À son regard, au ton de sa voix, j'avais compris.
– Tu as dû être terriblement angoissée en voyant ce qui arrivait à notre île ... Il faut que tu saches ... Ceux qui ont survécu sont très peu nombreux.

Voyant ma détresse, il se pressa de continuer.

– Le lendemain de ton départ, la terre a recommencé à trembler. Moins fort que la première fois, mais sans arrêt. Le sol grondait et tremblait jour et nuit. Au troisième jour, l'eau de la mer intérieure est devenue si chaude qu'elle fumait. Le soir, une île est apparue au milieu. C'était une masse noire de roches visqueuses qui glissaient lentement vers les falaises d'Hattiarina. Le lendemain, elle occupait déjà la moitié de la mer intérieure. Elle grandissait sans cesse. Le cinquième jour, la mer intérieure avait entièrement disparu et le dôme de roches continuait à monter. Du haut de la falaise, la chaleur était intenable. Mère Inanna et l'Intendant Général ont alors décidé d'évacuer l'île. Toute la population s'est rassemblée à Aphaia. À l'aube du septième jour, l'embarquement avait commencé lorsqu'il y eut une énorme explosion. Dans un fracas terrifiant, le dôme s'est mis à cracher du feu en projetant des roches incandescentes à des centaines de coudées de hauteur. Les gens se sont précipités. Ils sont montés trop nombreux dans les bateaux, emportant beaucoup trop d'objets. Au large, les premiers bateaux ont chaviré et ils ont coulé. Les bateaux suivants sont partis moins chargés mais ils n'avaient toujours pas assez de place pour utiliser les rames. Avec seulement leur voile, ils étaient très lents. J'étais sur l'un d'eux avec ma femme et mes deux filles. Ta mère et Âdikete suivaient sur un autre bateau. Il y eut alors une série d'explosions d'une violence inimaginable, projetant en l'air des roches qui nous retombaient dessus. Certaines avaient la taille d'un mouton. L'une d'elles a fracassé le bateau où se trouvaient ta mère et ton frère. Nous ne pouvions rien faire. Ils étaient à plus de deux stades derrière nous et, chargés comme nous l'étions, il était impossible de faire demi-tour.

Jusque-là, j'espérais encore apprendre qu'on ignorait ce qu'ils étaient devenus. Cela m'eut permis d'imaginer ce que je voulais. Il venait de me priver de ce dernier recours. Voyant mes larmes couler, il interrompit son récit.

– Poursuis, dis-je, je veux savoir ce qui est arrivé aux autres.

– Ensuite, les explosions ont diminué et les projections de roches ont cessé. Nous nous éloignions vers le sud, en direction de Kephti. Derrière nous, à cinq ou six stades, nous voyions la file des bateaux qui quittaient le port. Soudain, dans un grondement sourd, un énorme nuage gris s'est formé en haut de la falaise, au-dessus d'Urukinea. Il a déferlé sur la pente, engloutissant la cité et le port. Puis il a continué sur la mer. Ce que nous avons vu, alors, était épouvantable. Lorsque le nuage atteignait les bateaux, ils s'enflammaient comme des fétus de paille. Avant qu'ils ne disparaissent, nous pouvions voir les gens sauter à l'eau, transformés en torches vivantes. On entendait les hurlements de terreur de ceux qui voyaient le nuage leur arriver dessus. Lorsque …

Les lèvres tremblantes, il bredouilla :

– Ils sont tous morts, Asiraa … Tous.

Perdu dans ses visions d'épouvante, il ne disait plus rien. Lu-Ninurta l'encouragea à continuer.

– Seulement cinq bateaux sont arrivés à Kephti. Nous, notre mât avait été endommagé. Il menaçait de se casser à tout moment alors nous avons pris au plus court en venant ici. Les quatre

autres sont allés à Dikta, sur la côte Est. Ils voulaient s'éloigner le plus possible d'Hattiarina pour fuir la pluie de cendres mais là-bas c'était encore pire qu'ici. Elle tombait en gros flocons et par endroit, la couche faisait déjà plus d'une coudée d'épaisseur. Un bateau est revenu ici. Les autres ont poursuivi vers le sud avec certains des habitants de Dikta.
– Combien de personnes y avait-il sur ces bateaux ? Demanda Théodossis.
– En tout, environ deux cents. Ici, avec ceux qui sont revenus de Dikta, nous étions quatre-vingts.
Le nuage brûlant déferlant sur la mer, le rocher fracassant le bateau où étaient ma mère et mon petit frère, les gens hurlant de terreur, Âdikete se débattant pour ne pas se noyer, je ne pouvais pas me détacher de ces images insoutenables. Après une nuit passée sur le dos de Waspi presque sans dormir, ces émotions accumulées avaient épuisé mes dernières forces. Je ne parvenais plus à écouter ce qu'ils disaient. Dans un vertige, je perdis conscience.
À mon réveil, je me trouvais dans une cabane que Sin-Andul avait proposée à Théodossis. Libérée à la suite d'un décès, c'était un abri sommaire mais suffisant pour se protéger de la pluie et faire chauffer une marmite. Théodossis était près de moi.
– Combien de temps ai-je dormi ?
– Presque deux jours. Comment te sens-tu ?
Tout ce qu'avait raconté Sin-Andul me revenait à l'esprit mais, au lieu de me torturer, pouvoir comprendre ce qui s'était passé

me libérait. Je retrouvais mes forces et, avec elles, l'envie de me ressaisir.

– Je voudrais rentrer à Ios. Je crois que ce serait le mieux, maintenant.

Bien que Sin-Andul eût essayé de l'en dissuader, Théodossis avait déjà commencé la remise en état du bateau endommagé. De mon côté, je voulus m'occuper de la préparation de notre départ. Trouver de l'eau, de quoi manger et de quoi se chauffer était une tâche harassante. Je m'y attelai ardemment, en me souciant à la fois d'assurer notre quotidien et de mettre de côté des vivres pour le voyage. Pourtant, après quelques jours, la fatigue revint et, avec elle, les tourments. J'avais quitté ma mère sur une dispute que je ne pourrais plus jamais réparer et, pire, j'avais trahi ma parole donnée à Âdikete. À la mort de notre père, après des nuits passées à le consoler et à le rassurer, je lui avais promis que je ne l'abandonnerais jamais et en partant à Kephti, j'avais réitéré cette promesse. Sa dernière pensée était celle de ma trahison. Le tourbillon de questions stériles qui m'empêchaient de vivre avait cessé mais l'ineffaçable souvenir de ces fautes était le prix à payer pour cela.

Dans la cité, loin de s'améliorer, la situation se dégradait de jour en jour. Un premier essai de creusement d'un nouveau puits fut un échec. Les hommes avaient travaillé dur pour aller sous le roc, sans résultat. Déjà pénible, le rationnement en eau dut être renforcé pour ne pas compromettre l'irrigation des quelques parcelles dégagées. Une nuit, j'entendis des bruits autour de notre cabane. Théodossis sortit voir. Il arriva juste à temps pour mettre en fuite deux hommes venus voler Waspi, certainement pour la manger. Ceux qui le pouvaient encore travaillaient aux champs ou partaient en mer, mais avec de maigres résultats. Les réserves s'épuisaient. Nous nous affaiblissions à petit feu et beaucoup de gens tombaient malades. Moi, à force de respirer la poussière et les fumées toute la journée, je finis alitée avec de la fièvre et des crises de toux sans fin. Grâce aux potions préparées par Lu-Ninurta, je me rétablis mais pour beaucoup d'autres, ce ne fut pas le cas. Les décès étaient de plus en plus nombreux.

Au-delà de ces difficultés matérielles, le sort des rescapés d'Hattiarina me préoccupait. Théodossis et moi, nous allions retourner à Ios, mais eux ne faisaient que grossir les rangs d'une population en perdition. Lorsque j'essayais d'en parler à Théodossis, il me rabrouait sans ménagement. Il travaillait du matin au soir à la réparation du bateau et, plus le temps passait, plus il devenait irascible. Je ne l'avais jamais connu dans cette humeur. Un soir il revint de son chantier, la mine défaite.

– Qu'as-tu ? Que s'est-il passé ?

– Je manque de tout : d'outils, de bois, de cordages, de bitume, de tout. Et comme si cela ne suffisait pas, hier soir, j'ai oublié de rentrer des planches avant de fermer la soute. Ce matin, évidemment, elles avaient disparu. Je n'en veux même pas aux voleurs. C'est de ma faute. Je n'avais qu'à ranger mes planches.

– Cela n'excuse pas les voleurs.

– En plus, je commence à me demander si Sin-Andul n'avait pas raison. Tel qu'il est aujourd'hui, le bateau ne ferait pas un stade en mer avant de partir en morceaux. Je ne sais pas quand nous pourrons repartir.

Je l'avais toujours vu faire preuve d'une ténacité sans faille. Pour la première fois, il paraissait découragé.
– Tant pis. Prends le temps qu'il faut. Je suis sûre que tu vas y arriver.
– Alors, si tu en est sûre …

§

Dans la journée les adultes étaient occupés soit à remettre des parcelles en culture, soit à la pêche. Moi, je restais souvent au camp pour distraire les enfants. Un jour, alors que je jouais avec eux sur la Place Centrale je vis arriver trois hommes parmi lesquels je reconnus un étudiant de l'école d'architecture. Ils faisaient partie du groupe qui avait quitté Dikta vers le sud. Ils me racontèrent qu'ils avaient continué à longer la côte jusqu'à Payto, au sud de l'île. Cette partie de Kephti avait été très peu touchée par les cendres. Les récoltes n'avaient pas été bonnes à cause du froid et du manque de soleil, mais ni la végétation ni les animaux n'avaient vraiment souffert. À quelques stades de la cité, il y avait un village en ruine, abandonné. Ils avaient l'intention de demander l'autorisation de s'y installer à Mère Ninkilim, la Matriarche de Payto. Ils venaient nous proposer de nous joindre à eux.

Nous passâmes toute la soirée à les écouter nous raconter leur fuite d'Hattiarina, leur débarquement à Dikta étouffée sous les cendres, leur interminable navigation contre le vent, tenaillés par la faim et la soif, puis leur arrivée à Payto. La description qu'ils nous firent d'une cité intacte, entourée de prairies et de champs cultivés, nous semblait irréelle. Pendant qu'ils parlaient, Théodossis et moi, nous nous regardions en comprenant que nous pensions la même chose : il fallait cesser de s'entêter sur la réparation du bateau et partir à Payto dès que possible. S'il y avait quelque part à Kephti un moyen de rentrer à Ios, c'était là-bas que nous aurions le plus de chance de le trouver.

Dès le lendemain, Sin-Andul réunit tous les rescapés pour expliquer le projet d'installation dans le village abandonné. Bien sûr, ils étaient enthousiastes à l'idée de quitter Chaminjia pour une région épargnée par les cendres. En revanche, ils s'inquiétaient du voyage. Les plus affaiblis ou ceux qui avaient la charge de personnes âgées voulaient y aller par la mer. Les autres se disputaient sur la meilleure route à prendre entre celle du nord via Kamaljia et Kunisuu et celle du centre, traversant les montagnes jusqu'à la côte Sud. Ceux qui avaient fait le trajet par la mer lors de leur fuite de Dikta estimaient qu'avec des embarcations chargées et les vents contraires, le voyage prendrait deux à trois semaines, sans possibilité de ravitaillement. Cela leur paraissait irréalisable. Chacun défendait ses positions, au point qu'ils commençaient à envisager de partir séparément, y compris par la mer. Je demandai à prendre la parole.

– Vos craintes sont justifiées. Que ce soit par la mer ou par la route, par le nord ou par le centre, le voyage se fera dans la souffrance, le froid et la faim. Nous n'arriverons pas tous au bout, c'est certain. Mais si nous nous séparons, vous n'aurez plus besoin de vous demander qui s'en sortira et qui ne s'en sortira pas. Personne n'arrivera à Payto.

Choqués, ils ne réagissaient pas.

– Je ne cherche pas à vous décourager. Au contraire, je vous dis : Partons ! Choisissons un chemin et partons ensemble. C'est ainsi que nous y arriverons et qu'Hattiarina revivra.

Il y eut quelques murmures puis le débat repris, mais uniquement sur la route à prendre. Les précisions sur l'état de la route du centre apportées par ceux qui étaient venus de Payto eurent raison des dernier hésitants. Il fut unanimement décidé de partir tous ensemble par la route du nord. Une semaine plus tard, notre caravane de carrioles disparates tirées par des bêtes ou à bras d'homme s'engageait sur la route de Kamaljia en vue de rejoindre Payto.

§

ISSESSINAK

Depuis notre passage deux mois auparavant la cendre s'était tassée. Nous ne mîmes que deux jours pour arriver à Kamaljia, notre première halte de ravitaillement. Les réfugiés avaient continué à y affluer, créant un nouveau camp à l'extérieur de la cité. Mère Nanshe nous apprit que cet exode était accentué par le harcèlement que les commis de Kunisuu exerçaient sur les paysans. Ils se faisaient de plus en plus menaçants pour les pousser à livrer leurs réserves à la cité, et même leur production pour ceux qui avaient recommencé à cultiver. À l'intérieur de la cité, les choses n'allaient guère mieux. Les mêmes maladies qu'à Chaminjia sévissaient. Plus de cent personnes étaient mortes et le nombre de malades ne cessait d'augmenter. Pour en prendre soin le mieux possible, ils les avaient regroupés dans des hangars inutilisés. À cause de l'accroissement du nombre de réfugiés, la Matriarche ne put nous accorder autant de vivres que nous aurions souhaité. Après une nuit de repos au bord du camp, nous repartîmes à l'aube en direction du port de Kukkitiani situé à une journée de marche. Nous comptions y trouver de quoi compléter notre ravitaillement.

Pendant le trajet, Théodossis réfléchissait à notre future maison. Il voulait que nous en construisions une comme celle que j'avais fabriquée à Ios, sur la plage. Pour moi, bâtir une nouvelle maison allait prendre trop de temps. Après ce que nous avions vécu, je n'avais plus le courage d'attendre des mois pour nous installer. Je prétendis ne plus me souvenir des plans que j'avais prévus. Il fouilla alors dans notre paquetage et il en sortit le modèle en argile. Il l'avait emporté sans me le dire quand nous étions repassés à la plage, conservant précieusement les morceaux cassés ainsi, bien sûr, que les figurines de nous et de nos enfants. Vaincue, j'affirmai que, tout bien réfléchi, nous pourrions habiter quelque temps chez ses parents pendant les travaux.

À mi-chemin avant Kukkitiani, la route longeait la mer en la surplombant d'une centaine de coudées. La baie de Kunisuu avec l'île de Djia juste en face offrait un spectacle magnifique. Théodossis et moi étions en train de recenser des prénoms pour notre premier enfant lorsque des gens se mirent à crier.

– Regardez ! Ça recommence.

Une colonne d'un blanc éclatant s'élevait au-dessus de l'horizon, en direction d'Hattiarina. Médusés, nous nous étions tous arrêtés. La terre n'en avait pas fini avec notre île. Soudain, sur toute la largeur de la baie, je vis venir vers nous à une allure vertigineuse comme une immense risée de vent. Derrière elle, l'eau était parfaitement lisse. Lorsqu'elle arriva au rivage, il y eut une énorme détonation.

Ce n'était pas comme la première fois. Il n'y eut pas d'autre explosion et nous ne voyions pas de feu dans la colonne de fumée qui restait blanche. En quelques heures, des nuages de plus en plus sombres couvrirent le ciel. Il se mit à pleuvoir à verse. Nous reprîmes la marche pour aller nous abriter au plus vite à Kukkitiani mais, en y arrivant, nous trouvâmes le petit port entièrement dévasté. À perte de vue, tout était recouvert de boue, de débris et de cadavres, animaux et humains pêle-mêle. La plupart des maisons étaient détruites. Les bateaux étaient dispersés dans la campagne, certains à plus d'un stade du rivage. Des survivants hagards erraient dans cette désolation, trempés, couverts de boue. L'un d'entre eux nous raconta qu'à peu près une demi-heure après la détonation, le port s'était vidé de son eau en quelques minutes, jusqu'à un ou deux stades de la rive. Peu après, l'eau était revenue, mais elle était montée plus haut que les maisons, emmenant tout dans la plaine : bateaux, charrettes, hommes, animaux, tout. Ensuite, l'eau s'était retirée en arrachant et détruisant ce qui était encore debout. Lui, il avait eu le temps de monter dans un tamaris qui avait résisté au flot. Maintenant, il cherchait désespérément sa femme et ses deux fils. Du haut de la falaise où nous étions, sous la pluie battante, nous n'avions rien vu de ce désastre.

Nous grelottions tous de froid et de fatigue. La route était impraticable et nous n'étions pas équipés pour marcher sous la pluie. La caravane ne pouvait pas repartir sous ce déluge. Nous installâmes notre campement sur une colline surplombant le port. Tout l'après-midi, je fus occupée par une idée fixe : faire sécher nos vêtements. Je voulais être plus forte que les éléments mais, auprès d'un feu anémié et avec l'humidité qui était partout, c'était impossible. Cet échec insignifiant me mit en rage. Je voulais que cesse ce déchaînement de forces aveugles qui s'acharnaient sur nous.

Le problème des vivres devenait critique. Afin d'éviter les miliciens de Kunisuu, nous avions prévu notre prochain ravitaillement à Vatypetawa, située à plus de deux journées de marche. Nous n'avions plus le choix. Il fallait aller demander des vivres à Kunisuu, située à un peu plus de deux heures de notre campement. Lorsqu'il fut question de choisir ceux qui iraient, nous nous proposâmes immédiatement, Théodossis et moi. Avec ce que nous avions entendu sur le compte de cette cité, nous voulions voir ce qu'il en était. Nous partîmes dès le début de l'après-midi.

§

À quelques centaines de coudées de l'entrée de la cité nous eûmes la surprise de trouver la route barrée. Un homme coiffé d'un casque de bronze et flanqué d'une épée à la ceinture sortit d'une petite bâtisse. Je n'avais jamais vu cela en pays hattiante. Le principe, et la fierté de la Grande Fédération était au contraire l'ouverture de toutes les cités et l'absence de gens d'armes. J'affirmai être la nouvelle Matriarche des rescapés d'Hattiarina, venant demander assistance à la Matriarche de Kunisuu. Le garde me toisa puis, soupçonneux, il appela un collègue resté dans la guérite. Sans doute perturbés par le titre de Matriarche, ils hésitaient sur la conduite à tenir. Dans le doute, le second garde nous fit signe de le suivre.

Le vaste faubourg entourant la cité de Kunisuu était étonnamment débarrassé de toute trace de cendres. Même si la pluie rinçait les sols depuis deux jours, il aurait dû y avoir des tas sur les places ou au coin des rues. Tout avait été nettoyé. La Place Centrale, elle aussi d'une parfaite propreté, était déserte. Elle était entourée de bâtiments peints de couleurs criardes. À l'intérieur, la profusion des décors était surprenante. À Urukinea ou à Kamaljia, dans les locaux administratifs de la cité, les murs étaient unis, avec tout au plus quelques motifs géométriques soulignant les entourages de portes et de fenêtres. Là, tout était couvert d'ornements du même mauvais goût qu'à l'extérieur. En examinant les motifs de la pièce où nous attendions, je remarquai une fente dans le mur, curieusement intégrée dans le dessin. Par signes, je fis comprendre à Théodossis qu'on nous écoutait sans doute de l'autre côté du mur. Après une longue attente, un préposé vint nous annoncer que l'Intendant Général Issessinak allait nous recevoir et qu'en attendant, lui allait nous faire visiter la Maison Centrale et les magasins de Kunisuu afin que nous puissions constater à quel point la cité s'était bien sortie de la catastrophe. J'eus beau protester en rappelant que je ne venais ni pour voir l'Intendant ni pour visiter des bâtiments, nous fûmes obligés de le suivre.

D'après notre guide, l'Intendant Général avait su prendre les choses en main et la population s'était mobilisée derrière lui pour constituer des réserves et remettre en état les installations collectives. Théodossis enrageait. Il le pressait d'abréger ses explications, lui faisant remarquer que tout ce qu'il nous montrait existait dans n'importe quelle cité hattiante. Je lui faisais signe de se tempérer, lorsque, changeant subitement d'attitude, il demanda à visiter un bâtiment devant lequel nous venions de passer. Perturbé, l'homme bafouilla des explications confuses sur un magasin en cours de rénovation, inaccessible pour des raisons de sécurité. Nerveux, il écourta la visite et nous ramena dans la salle d'attente.

Deux heures plus tard, Issessinak arriva enfin. D'une stature élancée, maquillé et coiffé à la manière hattiante loin de la mode égyptienne, il n'était pas antipathique. Seule sa tunique bleue ornée de broderies aux motifs jaune d'or était du même mauvais goût que les décorations des bâtiments. Avenant, il s'excusa de nous avoir fait attendre, expliquant qu'il avait dû aller s'informer sur les conséquences des inondations sur la côte. Il confirma qu'il avait bien compris le but de ma visite, mais qu'étant souffrante, la Matriarche ne pourrait nous recevoir que le lendemain. Il nous proposa de dîner et de passer la nuit à Kunisuu. Nous n'avions pas prévu cela, mais nous voulions en savoir plus sur le climat étrange qui régnait dans cette cité. Nous acceptâmes l'invitation.

On nous conduisit dans une chambre confortable où j'eus la surprise de trouver un bain chaud préparé à mon intention. C'était un luxe inouï. Pourquoi Issessinak nous traitait-il si bien ? J'entraînai Théodossis sur la terrasse couverte dont bénéficiait la chambre pour en parler d'autant plus tranquillement que le bruit de la pluie couvrait nos voix. Je lui demandai pourquoi il avait voulu visiter l'entrepôt fermé.

– Au moment où je suis passé devant, j'ai entendu des gens à l'intérieur qui parlaient à voix basse. Lorsque je me suis arrêté, ils se sont tu. En m'approchant de la porte pour écouter, j'ai senti l'odeur caractéristique du métal chauffé. Contrairement à ce qu'il a prétendu, ce n'est pas un magasin en travaux. C'est un atelier en activité qu'ils veulent nous cacher.

§

Le souper fut servi dans une salle décorée de scènes sportives : sauts au-dessus du taureau, combat aux poings et jet de lances. Leur élégance laissait penser qu'elles dataient d'avant l'arrivée d'Issessinak à l'intendance générale. Une multitude de serviteurs égyptiens s'affairaient autour de la table, tous habillés pareillement d'un pagne et d'une courte veste brodée. Issessinak excusa Mère Nunbarshe puis il nous introduisit aux autres invités. Il ne précisait jamais clairement leur qualité, sauf pour un homme à l'air hautain qu'il présenta par le titre surprenant de conseiller spirituel de la Matriarche.

Dans ce genre de réception, la Matriarche s'asseyait en bout de table avec la personnalité invitée à sa droite. La place de l'intendant était au milieu de la table, du côté gauche. Au prétexte qu'il se serait trouvé trop loin de moi, Issessinak s'assit à la place de la Matriarche, ce qui était très choquant. Théodossis, placé entre deux jeunes femmes qui le dévoraient des yeux, étudiait attentivement les convives sans porter la moindre attention à ses voisines. Les plats que l'on nous servit furent à l'image de toute la réception, somptueux mais indécents en regard des privations que subissaient les populations, y compris certainement celle de Kunisuu.

Issessinak ne me laissa pas un instant de répit. Il me vanta d'abord son action au moment de la catastrophe. D'après lui, grâce à Mère Nunbarshe qui avait eu l'intelligence de lui déléguer tout de suite tous les pouvoirs, il avait pu agir rapidement et efficacement de telle sorte que la population de Kunisuu avait peu souffert. Lorsque je lui fis part de mon étonnement quant à la présence de gardes armés à l'entrée de la cité, il justifia cette mesure par l'existence de pillards venant des campagnes. Comme j'insistai en lui demandant d'où venaient les armes, il répondit qu'il s'agissait d'armes de parade qui étaient depuis toujours à Kunisuu. J'avais bien vu l'épée du garde qui nous avait arrêtés en arrivant. Elle avait une poignée en bois et une lame rudimentaire qui n'avaient rien à voir avec les épées décorées d'or et de pierres qu'on utilisait pour les parades. Il poursuivit.

– Kephti est dans un état catastrophique. La partie Est de l'île est devenue inhabitable. Dikta est déjà presque abandonnée et tu as pu voir dans quel état est Chaminjia. Quant à Kamaljia, elle ne pourra pas supporter longtemps les milliers de réfugiés qu'elle a accueillis, d'autant que, comme je l'ai appris ce matin, elle aussi a été touchée par des vagues dévastatrices. Il n'y a que trois cités qui peuvent s'en sortir : Kunisuu, Opsjia et Payto. Nous devrions unir nos forces pour reprendre le dessus et sauver le peuple hattiante. J'en ai déjà parlé avec la Matriarche d'Opsjia. Elle est ouverte à l'idée d'une coopération plus étroite entre nos cités. En revanche, la Matriarche de Payto ne veut pas en entendre parler. C'est une femme très dure. Je voudrais que tu lui parles pour la convaincre de me recevoir.

Nous y étions. Tout cet apparat n'était qu'une façon d'acheter notre diligence auprès de Mère Ninkilim. Cela me déplaisait au plus haut point, même si, malheureusement, il n'avait pas tort concernant l'état de Kephti. L'idée de conjuguer les efforts des cités encore vaillantes méritait réflexion. Il conclut en me garantissant que Mère Nunbarshe allait pouvoir nous donner les vivres dont nous avions besoin pour aller à Payto.

Pendant ce temps, le vin aidant, Théodossis avait délaissé ses observations sur les invités pour s'intéresser de plus près à ses voisines. Son accent achéen les faisait glousser comme des dindes et elles se pâmaient d'admiration au récit de ses exploits maritimes. Tout cela commençait à m'agacer. Prétextant une journée épuisante, je demandai à Issessinak de ne pas tarder à mettre fin au repas. Lorsqu'il se leva pour demander à ses invités de bien vouloir nous laisser nous retirer, Théodossis me lança un regard furieux que je fis mine de ne pas comprendre. Une fois retournés à notre chambre, après une prise de bec au sujet des deux dindes, nous fîmes l'amour comme nous ne l'avions pas fait depuis longtemps : sur un lit et en faisant tout le bruit que nous voulions.

Le lendemain matin, l'entretien avec la Matriarche eut lieu comme prévu. Mère Nunbarshe entra, accompagnée d'une suivante. Elle marchait difficilement et, pour s'asseoir, elle eut besoin de l'aide de l'Intendant Général et de sa suivante. Sa main tremblait et sa tête était agitée de mouvements à droite et à gauche. Elle me fixa longuement d'un regard sans expression, puis elle dit :

– Comme les gens d'Hattiarina doivent être heureux d'avoir une Matriarche si jeune et si jolie. Ceux de Kunisuu ont moins de chance. Vois dans quel état je suis. Heureusement que mon bon Issessinak est là.

Il se tenait debout à côté d'elle. Elle lui prit la main en lui adressant un sourire affectueux.

– Asiraa conduit les rescapés d'Hattiarina à Payto, Mère. Elle demande si nous pouvons leur donner des vivres.

– Tu as bien du courage, Asiraa. Bien sûr que nous allons t'aider. Tu n'avais pas besoin de me le demander, Issessinak.

– Dans les circonstances actuelles, je ne voulais pas en décider sans vous en parler, Mère.

– Tu sais que je te fais confiance.

– Je m'efforce d'en être digne, Mère.

Surprise de ces échanges, j'insistai pour qu'on me laissât quelques instants seule avec la Matriarche. L'Intendant Général essaya de protester, mais Mère Nunbarshe lui fit signe d'accepter.

– Juste une minute, Mère. Cet entretien vous fatigue, vous devez vous reposer.

Il quitta la pièce avec la suivante. Je demandai à Théodossis de les suivre.

– Approche, Asiraa, que je te voie mieux.

Je m'agenouillai pour être à sa hauteur.

– Donne-moi ta main.

Elle prit ma main entre les deux siennes. Je sentais les terribles tremblements qu'elle essayait de maîtriser en s'appuyant sur son genou.

– Je te remercie d'être venue me voir.

Elle gardait ma main en la serrant trop fort.

– Je suis triste de vous voir si mal, Mère.

– Hélas ! Voilà trois ans que cette maladie me ronge à petit feu. Que de malheurs ! Comment ne pas voir que les dieux Enki et Utu nous punissent ? Nous les avons déçus. Leur colère s'abat sur nous. Par chance, l'Intendant Issessinak a su s'occuper aussi bien de moi que de la cité. Il se soucie beaucoup de ma santé et il m'épargne bien des fatigues.

Je n'aurais jamais cru entendre un jour une Matriarche, même affaiblie par la maladie, invoquer les vieilles superstitions que les Hattiantes avaient rejetées depuis longtemps.

– Je vois qu'il est très prévenant à votre égard, Mère. Mais il me semble qu'il est bien seul pour diriger la cité. Avez-vous pensé à votre succession ?

– Ne t'inquiète pas. Il s'en occupe. Il a déjà trouvé plusieurs jeunes femmes qu'il va me présenter.

L'Intendant Général revint mettre fin à l'entrevue. Après que la suivante eût emmené Mère Nunbarshe, nous nous accordâmes sur l'organisation de la fourniture des vivres. Il ne manqua pas de me rappeler ma mission diplomatique auprès de la Matriarche de Payto. Je m'engageai à lui parler de ses projets d'alliance, sans préciser si je les soutiendrais ou non puis, hypocritement, je le félicitai d'avoir su gérer les problèmes de la cité tout en assumant la maladie de la Matriarche.

Sur le chemin du retour, nous échangeâmes sur cette étrange visite. À cause des épées des gardes et de l'odeur de fonderie, Théodossis était persuadé que le local fermé était une fabrique d'armes. Pour moi, le plus troublant était la relation entre Issessinak et Mère Nunbarshe. D'abord elle lui témoignait une affection anormale et ensuite, lorsque la Matriarche était malade, c'était le rôle de sa suivante d'être à ses côtés, sûrement pas celui de l'Intendant Général. Quant à Issessinak, il avait une personnalité difficile à saisir. On ne pouvait lui reprocher ni ses actions, ni sa vision de la situation. Pourtant, durant toute notre visite, je n'avais cessé de me sentir mal à l'aise.

§

Pendant notre absence, des habitants du port qui avaient tout perdu avaient rejoint notre caravane qui devait maintenant compter plus de deux cents personnes. La principale question qui agitait le groupe portait sur le meilleur moment pour repartir vers Payto. Certains voulaient lever le camp au plus vite en prenant les vivres au passage à Kunisuu. Les autres pensaient qu'il fallait attendre que la pluie cessât. En revenant de la cité, nous avions constaté que la route était très glissante, encombrée d'éboulis et même, par endroits, coupée par des torrents de boue. Il nous semblait très risqué d'y engager la caravane. Les partisans du départ immédiat arguaient que, ne sachant pas combien de temps il faudrait attendre, on risquait de partir, encore sous la pluie, et avec des réserves entamées. Finalement, considérant les quelques vivres qu'on avait pu récupérer dans les ruines du port, il fut décidé d'attendre quelques jours. Le lendemain, une équipe se rendit à Kunisuu. Issessinak tint parole et ils revinrent avec une charrette chargée de victuailles, tout en confirmant les difficultés qu'il y avait à circuler sur la route.

Théodossis décida d'aller à la chasse, « pour limiter la consommation des réserves » avait-il dit. En réalité, obnubilé par ce qu'il appelait l'atelier secret, il étudiait le fonctionnement des postes de garde pour préparer son retour à Kunisuu. Après deux jours d'observations, il établit son plan. À l'angle nord de la cité, un petit poste était tenu par un seul garde. Très peu de gens y passaient et le garde ne mettait jamais le nez dehors à cause de la pluie. Théodossis voulait entrer par-là puis attendre la nuit pour retourner à l'atelier. J'essayai de le dissuader, bien sûr, mais sans grande conviction. Moi aussi je voulais savoir ce que manigançait Issessinak.

Lui trouver des habits hattiantes ne fut pas difficile. Lui faire une tête d'Hattiante le fut beaucoup plus. Il fallait d'abord cacher ses cheveux. J'empruntai à une jeune femme un bonnet enveloppant pour couvrir complètement ses boucles typiquement achéennes. C'était un modèle très féminin. Pour compenser, je le maquillai de façon exagérément masculine. Ça lui allait très bien. Lorsque je lui proposai de me couper des mèches pour les fixer sous son bonnet et les faire dépasser, je sentis qu'il ne fallait pas insister. Ainsi affublé, il partit en début d'après-midi en m'assurant qu'il serait de retour dans la matinée du lendemain.

Après une nuit d'insomnie et d'inquiétude, le jour se leva avec un ciel moins sombre et une pluie moins abondante. Cela m'aida à reprendre un peu le dessus. Je parvins à me convaincre de lui faire confiance et de cesser d'imaginer le pire. À la tombée de la nuit, il n'était toujours pas rentré. M'efforçant de croire qu'il avait préféré attendre la nuit pour repartir de Kunisuu, j'attendis encore jusqu'à l'aube, repoussant d'heure en heure le moment d'admettre l'évidence. Finalement, prenant soudain conscience d'avoir trop attendu, je me précipitai pour demander de l'aide à Sin-Andul. Malheureusement, il avait l'esprit à tout autre chose. Voyant le temps s'améliorer, il avait décidé de lever le camp et il était en train de mobiliser tout le monde pour partir au plus vite. Il se répandit en excuses, tout en insistant sur l'inconséquence de Théodossis en s'engagant dans cette expédition, seul et sans prévenir personne. Je n'avais plus d'autre choix que d'y aller moi-même. Je lui demandai seulement d'emmener Waspi et notre fardeau afin que nous les retrouvions en rattrapant la caravane sur la route de Payto.

Je réfléchissais au moyen d'entrer dans Kunisuu sans me faire remarquer. La solution me vint lorsque, en rangeant nos affaires, je retrouvai le sceau de Ninissina, la fille du paysan rencontré sur la route de Chaminjia. En me faisant passer pour elle, je pourrais prétendre venir travailler. C'était un plan sommaire, mais je devais m'en contenter.

§

Le garde n'était pas le même que la première fois. Il était affalé sur une chaise à l'entrée de sa guérite, à l'abri de la pluie.

– Je ne te connais pas, toi. Qui es-tu ?

– Ninissina, fille de Lugal-Kahn. Je suis coiffeuse.

Il prit le sceau que je lui tendais. Après s'être levé en ayant l'air de faire l'effort de la journée, il se traîna à l'intérieur en soupirant. Après un long moment, il réapparut.

– Je ne trouve aucune empreinte de ton sceau. Tu dis que tu es coiffeuse ?

Je me souvins du nom d'une femme qui était au dîner avec Issessinak.

– Oui. Je viens coiffer Lu-Kuwanna.

Ce nom eut l'air de lui dire quelque chose.
– Et pourquoi n'ai-je pas l'empreinte de ton sceau ?
– Je ne sais pas. J'ai été malade. Je ne suis pas venue depuis longtemps. Peut-être a-t-elle été perdue.
– Entre !
Avec une lenteur désespérante, il sortit un papyrus, s'assit à une minuscule table et entreprit de m'enregistrer.
– Tu t'appelles… ?
– Ninissina.
Comme il écrivait, laborieusement, « Ninassina », je lui fis remarquer son erreur. Il répondit qu'il s'en fichait, mais, dans la pièce voisine, un autre garde réagit. Il apparut dans la porte.
– Tu sais lire, toi ?
Je n'avais pas pensé qu'il fût surprenant qu'une coiffeuse sût lire.
– Quand j'étais malade, je m'ennuyais, alors j'ai appris toute seule.
– Et tu sais compter, aussi ?
– Oui.
– Suis-moi !
Sans un mot, il m'emmena dans la cité et me conduisit directement dans l'office d'un scribe.
– Il paraît que tu cherches des gens qui savent compter. Cette fille prétend savoir.
Il repartit aussitôt. Le scribe me tendit une tablette d'argile et un stylet.
– Écris 12 plus 5 et mets le résultat.
Je m'exécutai.

– On manque de comptables ici. Le jour où la mer est montée, il y en avait plusieurs au port pour enregistrer les arrivages. Ils sont tous morts. J'ai besoin de quelqu'un aux entrepôts Sud. Tu vas travailler là-bas.

Il agita une clochette. Un garde entra.

– Conduis-la au dortoir des femmes et remets-la à la cheffe.

Puis, s'adressant à moi :

– Reviens ici demain matin à la septième heure.

Je protestai, rappelant que je devais coiffer ma cliente. Il me dit qu'il allait s'en occuper. Je m'abstins de réagir.

§

La cheffe du dortoir des femmes ne parlait pas, elle aboyait. Après m'avoir montré mon placard, elle me conduisit dans le dortoir. Mal éclairé par quelques lampes à huile, on y distinguait deux rangées d'une quinzaine de lits séparés par une petite table de chevet. Il n'y avait aucune fenêtre. Elle m'indiqua mon lit et m'ordonna d'attendre que les autres filles revinssent pour aller avec elles prendre le repas au réfectoire. Assise au bout de ma paillasse, j'examinai cette salle sordide qui sentait le moisi, la sueur et l'urine. Issessinak avait fait preuve d'une incroyable duplicité. Il nous avait reçus en grande pompe pendant qu'à quelques coudées, des femmes étaient traitées comme du bétail. C'était pire que tout ce que l'on racontait à l'extérieur.

À la dix-huitième heure, les filles rentrèrent. Elles ne me remarquèrent même pas. Elles chuchotaient entre elles mais aucune ne m'adressa la parole. J'essayai de questionner ma voisine, en vain. Excédée, je me levai et criai à la cantonade que je ne comprenais pas ce qui se passait et que j'aurais bien aimé qu'au moins une d'entre elles me parlât. La cheffe entra aussitôt :

– Qui braille comme ça ?

Elle tenait un fouet à lanières nouées qu'elle tapait nerveusement sur son autre main. J'étais debout au milieu de l'allée centrale.

– Ah ! C'est toi, la nouvelle. Attends, je vais t'apprendre comment ça se passe ici quand on me dérange.

Elle m'attrapa par l'épaule en enfonçant ses doigts dans le muscle et en appuyant pour me faire agenouiller. La douleur était telle que je ne pus résister. En me tenant par les cheveux, elle m'assena sept coups de fouet de toutes ses forces. Elle repartit en aboyant :

– Tu as compris, maintenant ?

Cet épisode eut au moins le mérite de me faire remarquer. Pendant le repas, une fille vint s'asseoir près de moi pour me parler. Elle venait de la campagne, quelque part entre le port et la cité. Elle avait quinze ans lorsqu'ils étaient venus la chercher dans le champ où elle gardait des chèvres. Maintenant, elle travaillait dans un atelier de tissage. D'après les motifs des tissus, elle pensait qu'ils étaient destinés à l'Égypte. Lorsque la pluie de cendres était arrivée, elles avaient été forcées de travailler jour et nuit au nettoyage des rues, des terrasses et des toitures. Deux filles étaient mortes d'épuisement. Elle était à Kunisuu depuis plus d'un an, ce qui confirmait qu'Issessinak sévissait déjà avant la catastrophe d'Hattiarina. Je l'interrogeai sur l'existence de prisonniers. Elle me montra, à une autre table, une fille qui portait des repas tous les soirs à un garde, dans les sous-sols. Elle parlait d'un cachot où plusieurs hommes étaient enfermés. Pour en savoir plus, j'allais devoir attendre le prochain repas, soit une journée entière.

Le lendemain, je me retrouvai à faire l'inventaire dans un entrepôt d'étoffes. Le scribe me menaça du fouet si je n'avais pas terminé ma tâche à la fin de la journée. Après les coups de la cheffe, je fis mon possible pour y parvenir malgré toutes les inquiétudes qui m'assaillaient l'esprit. Au repas du soir, je me précipitai à côté de la fille qui portait des repas à la prison. Elle s'appelait Nin-Gula. C'était une costaude dotée d'une poitrine impressionnante et qui n'avait pas la langue dans sa poche. Elle avait vécu la dérive de la cité. Au début, malgré son caractère autoritaire, Mère Nunbarshe était plutôt appréciée. Puis, elle s'était révélée de plus en plus en rigide, reprochant à ses sujets d'être matérialistes et immoraux. Lorsque sa maladie avait commencé, Issessinak était apparu auprès d'elle avec le titre de médecin personnel de la Matriarche. Peu de temps après, elle avait révoqué son Intendant Général pour mettre Issessinak à sa place. Ensemble, ils avaient alors réinstauré le culte d'Enki et Utu, les dieux que vénéraient nos ancêtres. Ensuite, un bâtiment administratif avait été transformé en temple où se tenaient des cérémonies. J'étais abasourdie. Cette mesure violait ouvertement la charte de la Grande Fédération qui, comme l'avait voulu la reine Nanaya, bannissait toute forme de pratique religieuse dans les cités hattiantes.

Au début, le culte n'avait pas été obligatoire. Mère Nunbarshe édictait toutes sortes de recommandations sur le comportement à adopter. Les gens avaient commencé par en rire. Le temple et ces édits faisaient l'objet de railleries qui circulaient dans toute la cité. Issessinak avait alors créé une faction appelée les Bons Hattiantes, chargée de veiller à l'application de ces préceptes. Ses membres traquaient et réprimandaient les "mauvais" comportements. Ils affichaient à l'entrée des marchés des listes de « mauvais Hattiantes ».

Ensuite, ils s'étaient mis à interdire les fêtes. D'abord celles qui avaient lieu les jours soi-disant saints, pour ne pas offenser les dieux par des réjouissances inconvenantes. Rapidement, l'interdiction s'était étendue à toute festivité dans les rues de la cité et, finalement, même à la maison. Comme les gens avaient continué à faire la fête chez eux, les Bons Hattiantes avaient mis en place un service pour recevoir les dénonciations. En infligeant des punitions toujours plus sévères et en rendant la dénonciation obligatoire, ils avaient fini par instaurer un climat de méfiance qui avait gangrené toute la cité. Kunisuu était devenue un enfer.

Pour financer ses dépenses personnelles somptuaires, Issessinak avait créé des ateliers spéciaux dont les produits étaient vendus à l'étranger, « À la gloire d'Enki et d'Utu » pouvait-on lire sur les frontons. Pour fournir ces ateliers en main-d'œuvre, les Bons Hattiantes parcouraient les campagnes à la recherche de jeunes filles qu'ils recrutaient en leur faisant miroiter les attraits de la vie dans la cité. Lorsque la catastrophe d'Hattiarina avait eu lieu, Issessinak avait compris qu'elle allait lui permettre de mettre définitivement toute la cité sous son emprise. Il avait fermé tous les magasins et organisé un rationnement draconien, faisant de la nourriture le principal instrument de sa tyrannie. Il la dispensait généreusement à ceux qui le servaient et il distribuait juste de quoi survivre aux autres. Même avec ce que j'avais vu et vécu dans le dortoir des filles, j'avais du mal à y croire. Comment ce que les Hattiantes avaient mis des siècles à bâtir pour que chacun puisse vivre en paix et en liberté avait-il pu être balayé en quelques années par la folie d'une Matriarche et de son Intendant Général ?

Après avoir raconté notre visite et la disparition de Théodossis, je demandai à Nin-Gula de me décrire la prison.

– Il y a deux ou peut-être trois cachots, je ne sais pas. Ils sont au fond d'un couloir très sombre. Il n'y a qu'un garde, posté à l'entrée. Tous les jours, j'apporte la soupe, du vin et du pain. Je pose tout sur une table devant le garde, je prends la soupière de la veille et je repars. D'après moi, il y a à manger pour trois ou quatre, selon ce qu'ils donnent à chacun.

– Crois-tu que je pourrais te remplacer, un soir ?

– Je me fais remplacer lorsque je dois aller au palais pour aider à la cuisine ou pour faire le service. Mais je dois prévenir le gardien la veille. Si tu veux, je le ferai demain soir.

Elle me l'avait proposé sans hésiter, malgré les risques qu'elle prenait. Elle précisa :

– Le garde est un gars pas très malin et pas vraiment méchant. À chaque fois, il me reluque les seins avec des sourires entendus. Moi, je l'envoie promener, mais toi, si tu veux, tu n'auras pas de mal à le distraire. Après, il faudra que tu te débrouilles pour récupérer ton Achéen s'il est là-dedans.

J'allais devoir patienter encore deux jours avant de pouvoir agir. Un, pour que Nin-Gula prévienne le garde et un deuxième pour que j'apporte la soupe à sa place.

Le lendemain, je devais vérifier les comptes des ventes faites en Égypte. Je ne pouvais m'empêcher de réfléchir aux moyens de neutraliser le garde. Cela m'empêchait de fixer mon attention sur les chiffres. La moindre addition me prenait un temps fou. À la fin de la journée, n'ayant pu terminer ma tâche, j'eus droit à dix coups de fouet qui rouvrirent les cicatrices des coups de la cheffe.

Le jour suivant, la perspective de passer à l'action le soir me permit de mieux me concentrer, malgré mon dos qui me brûlait encore. Le service de la prison s'effectuait pendant le culte. Mon absence y serait peut-être remarquée, mais, si je réussissais nous serions hors de la cité avant qu'ils n'eussent eu le temps de réagir, si j'échouais cela n'aurait plus aucune importance.

§

La prison était un couloir voûté éclairé par deux torches qui charbonnaient. D'après l'odeur, il devait s'agir d'un ancien cellier à vin. Nin-Gula m'avait annoncée au gardien, en insistant sur mon caractère peu farouche pour l'émoustiller. Il se tenait à l'unique entrée, assis sur un tabouret, adossé au mur. Il avait une dague passée dans sa ceinture. À côté de lui, il y avait un banc devant une petite table avec son couvert, une cruche de vin et la soupière de la veille. Le couloir était en cul-de-sac. Dans le mur opposé à la table, je distinguai quatre portes dont seules les deux dernières étaient fermées. Les prisonniers devaient être là.

Le gardien se montra tout de suite très familier, m'invitant à m'asseoir en m'adressant des regards appuyés. Je posai les victuailles sur la table et m'assis à califourchon sur le banc, face à lui, les jambes écartées. Après quelques échanges de banalités, je fis dériver la conversation sur les prisonniers.

– Sais-tu pourquoi ils ont été emprisonnés ?

– Non, moi, on ne me dit rien. Je dois juste empêcher n'importe qui d'entrer, c'est tout.

– Tu ne leur as pas demandé ?

– Pour quoi faire ? De toute façon, je n'ai pas le droit de leur parler ...

Il fixait mon entrejambe avec insistance.

– Tu as raison, on s'en fiche. Verse-moi donc une coupe de vin.

Il s'assit sur le banc, avec un regard qui se voulait enjôleur.

– Nin-Gula m'a dit qu'il y avait un étranger. C'est vrai ?

– Il y en a un que les autres appellent l'Achéen. D'ailleurs, Issessinak doit le voir demain. Il paraît qu'il était furieux quand il a appris qu'on avait arrêté un étranger sans lui en parler.

J'écartai les jambes encore plus en lui adressant un grand sourire. Il pencha la tête pour mieux voir. De toutes mes forces, je lui fracassai la cruche de vin sur le crâne. Sa tête heurta le bord de la table et il s'affala sur le banc. Je lui enlevai sa dague. Alors que je me levai pour aller vers les cachots, je vis qu'il revenait déjà à lui. À deux mains, en pesant de tout mon poids, je lui plantai sa dague dans le dos. Il se releva d'un coup, en prenant bruyamment sa respiration. Les yeux exorbités, il essayait de saisir le poignard dans son dos. Surprise, je ne réagissais pas. Il me poussa violemment en arrière, me projetant contre le mur d'en face. En un éclair blanc je perdis connaissance.

§

J'entendais « Asi ! Asi ! C'est toi ? » Je ne me souvenais plus où j'étais, ni ce que j'étais en train de faire. Le gardien était à terre, à quatre pattes. Il essayait d'aller vers la sortie. Retrouvant le fil, j'empoignai le tabouret et lui en assenai un coup sur la tête. Cette fois, il s'écroula de tout son long. Théodossis tambourinait sur la porte de son cachot en m'appelant. J'ouvris. Il y avait deux hommes, hirsutes, tellement sales qu'il me fallut un moment pour reconnaître lequel était Théodossis. Ils se ruèrent sur la soupe et le pain. Je repoussai l'autre détenu.
– Prends ce que tu veux et retourne dans le cachot.
Théodossis me regarda, étonné.
– On ne peut pas le laisser dehors. Il faut qu'ils s'aperçoivent le plus tard possible de ta fuite.
L'homme était tellement affamé qu'il ne protesta pas.
Il faisait presque nuit. Nous courûmes à toutes jambes vers la porte Sud. À cause du choc contre le mur, à chaque pas, c'était comme si on m'assenait un coup sur le crâne. Les quelques personnes que nous croisâmes ne nous prêtèrent pas la moindre attention. À Kunisuu, il valait mieux ne rien remarquer et ne rien savoir. Au poste de contrôle nous n'eûmes qu'à nous baisser pour passer sous la fenêtre d'où venait la lumière et fuir cette cité maudite.

§

Nous partîmes à travers champs. Dans l'état où nous étions, il nous fallait avant tout un endroit pour nous cacher et nous reposer. Une minuscule cabane de paysan au bord d'un bois fit l'affaire. Encombrée d'outils hors d'usage, la toiture percée, elle avait l'avantage de ne pas être visible depuis la route. Épuisé, grelottant, Théodossis ne réagissait plus. Je dégageai un recoin en poussant les outils comme je pouvais et j'y amassai toute la paille à peu près sèche. Sans un mot, nous nous couchâmes, serrés l'un contre l'autre. J'avais atrocement mal à la tête et mon dos me brûlait mais j'étais tellement heureuse que je m'endormis tout de suite.

Le lendemain, Théodossis me conta ce qui s'était passé.

– Comme prévu, j'ai pu entrer facilement dans la cité. J'ai rejoint le bâtiment des ateliers et je me suis caché dans un réduit désaffecté en attendant la nuit. Après, j'ai eu du mal à retrouver l'atelier. Les couloirs étaient très sombres. Je me suis perdu. Je l'ai retrouvé en me guidant au bruit et à l'odeur. Lors de notre visite, on leur avait sûrement dit de s'arrêter de travailler avant notre passage. Là, le martèlement sur les enclumes était assourdissant. En cherchant des ouvertures d'où j'aurais pu voir ce qu'ils faisaient, je suis entré dans un magasin. Il était plein d'armes : des centaines d'épées et de dagues sur des étagères, des boucliers en cuir et des casques en bronze empilés les uns sur les autres, des caisses pleines de milliers de pointes de flèche et de lance. Il y a de quoi équiper une armée entière.

– Après, ça a mal tourné. Des ouvriers sont entrés dans le magasin pour apporter un lot de fabrications. J'ai dû sortir précipitamment par le fond. Je me suis retrouvé nez à nez avec un garde. J'ai essayé de prétendre que je m'étais perdu, mais il a tiré son poignard et il me l'a piqué sous le menton. À cause de mon accent, il s'était tout de suite aperçu que je n'étais pas hattiante. Il a appelé un collègue et ils m'ont emmené dans la prison.

– Hier quelqu'un est venu informer notre gardien qu'on allait venir me chercher pour me conduire à Issessinak. Normalement, en tant qu'étranger, ils auraient dû m'amener directement à lui quand ils m'ont arrêté. Je crois que tu es arrivée à temps. Il m'aurait sûrement reconnu.

Des groupes de miliciens passaient sur la route, à notre recherche. Certains s'aventuraient dans les champs et battaient les fourrés mais sans conviction. Nous restâmes deux jours terrés dans notre cabane. Le troisième jour, ils paraissaient avoir abandonné. La pluie avait presque cessé et les nuages commençaient à laisser passer le soleil de temps en temps. Nous partîmes pour la ferme de Vatypetawa où notre caravane avait prévu de se ravitailler. Cela nous faisait faire un détour, mais nous avions faim et il était urgent de nous laver. Théodossis sentait le bouc, j'avais du sang collé dans les cheveux et mes vêtements puaient la vinasse.

La ferme était située sur une hauteur dominant toute la région. Elle formait à elle seule un véritable village d'au moins une dizaine de maisons agglutinées autour de l'habitation principale et des bâtiments agricoles. Autour d'elle, les terres avaient été nettoyées et remises en culture, certainement depuis assez longtemps. Dès que nous nous engageâmes sur le chemin qui y montait, trois hommes en sortirent pour venir nous barrer la route, armés de fourches et de piques. Ils étaient très nerveux, prêts à utiliser leurs armes de fortune pour nous forcer à faire demi-tour. Après de longs palabres, l'un d'eux accepta d'aller informer le maître des lieux. Il revint accompagné d'un homme, armé d'une hache à double tranchant, ostensiblement passée dans sa ceinture. D'une stature impressionnante, le cheveu et la barbe grisonnants, le maître nous toisait, impénétrable. J'essayai de justifier notre pitoyable état. Il m'écouta sans réagir, montrant juste un peu d'étonnement quand je lui dis que je venais d'Hattiarina. Il me laissa finir puis, sans un mot, il nous fit signe de le suivre. Arrivés à la ferme, il donna aux trois hommes des instructions dans un patois que je ne connaissais pas, puis il retourna à ses affaires.

On nous conduisit auprès d'une femme et ses deux filles qui nous donnèrent à manger et, surtout, de l'eau pour nous redonner une apparence humaine. Elles nous apprirent que, comme Lugal-Khan, leur méfiance était due à de graves ennuis qu'ils avaient eus avec les gens de Kunisuu. Dès les premiers jours après l'explosion d'Hattiarina, leur maître avait mobilisé tous ses ouvriers pour nettoyer les champs. Ils avaient réussi à maintenir en culture une bonne partie de leurs terres et à sauver leur cheptel. À cause de cela, ils avaient fait l'objet d'un harcèlement de plus en plus violent pour les forcer à livrer leur production à Kunisuu. Issessinak était même venu en personne proposer un intendant « pour les aider dans ces temps difficiles ».

Le lendemain, alors que nous venions le saluer et le remercier, le maître se montra plus chaleureux. Il nous confia son inquiétude. Lui aussi voyait Kunisuu comme une menace pour tout le peuple hattiante. À cause de cela, il était lui-même en train de fabriquer des armes avec le métal de vieux outils agricoles. Avant de nous laisser repartir, il nous fit porter des victuailles. Sa femme insista pour nous offrir une grande couverture et deux gros bonnets de laine en nous mettant en garde contre le froid qui nous attendait dans la montagne.

§

LE QUARTIER DAWO

La femme du maître de Vatipetawa avait bien fait de nous imposer ses bonnets. Dès les premières hauteurs du centre de Kephti, nous affrontâmes un blizzard glacial dont le grésil nous brûlait le visage. Pendant les heures passées tête baissée à ne regarder que les cailloux devant mes pieds, je me remémorai ce que nous avions vu à Kunisuu : le repas d'un faste indécent, les filles réduites en esclavage, les cultes insensés, les incitations à la délation, l'atelier d'armement, les caves transformées en prisons. Depuis quelques années, certains voyaient la gloire montante de nos voisins Hittites comme une menace. Personne n'imaginait que le mal pût venir de l'intérieur. Après avoir mis la Matriarche sous son emprise, Issessinak exerçait sans partage son pouvoir malfaisant sur Kunisuu et, en faisant des propositions d'alliance, il cherchait à l'étendre sur toute l'île. Il fallait empêcher cela à tout prix. Les autres cités, Kamaljia au nord-est, Opsjia à l'ouest et Payto au sud devaient s'allier contre lui et, malheureusement, s'armer de la même manière que lui. À elles trois, elles parviendraient à éliminer le tyran et à ramener la paix en terre hattiante. N'eût-ce été que pour venger Ninissina et mon propre viol, ce jour là, je me jurai de lutter de toutes mes forces contre ce mal plus grand que ceux causés par l'explosion d'Hattiarina.

Après le blizzard, alors que nous avions seulement parcouru une vingtaine de stades, un épais brouillard nous immobilisa. Nous ne pouvions pas prendre le risque de nous égarer. Nous restâmes jusqu'au surlendemain à grelotter sous notre couverture sans pouvoir repartir. Au lieu d'une journée, la traversée des montagnes nous prit trois jours mais, au-delà du dernier col, un spectacle que nous n'avions plus vu depuis des mois nous fit oublier ces souffrances. Sous un ciel lumineux, la vallée menant à Payto s'étendait à perte de vue, avec des bois, des villages, des champs cultivés, du bétail paissant dans les prairies. De ce côté de Kephti, il était tombé très peu de cendres et la pluie des jours précédents avait fini de tout emporter.

Dans le premier bourg que nous atteignîmes, les villageois préparaient un banquet pour le remariage du maître de la communauté. Comme cela se faisait toujours en pareille circonstance, ils nous y convièrent. Pour moi, ce fut un retour en arrière, non seulement à l'époque d'avant la catastrophe, mais plus loin encore, jusque dans mes souvenirs d'enfance. Les musiciens jouaient des airs oubliés depuis longtemps à Urukinea, et les gens dansaient comme je l'avais fait, petite fille, lors des fêtes données par mes parents. Les pas me revinrent dans les jambes comme si c'était la veille. Malgré notre épuisement, j'entraînai Théodossis dans ces farandoles d'un temps à jamais perdu. Au petit matin, ivres de vin et de sommeil, nous nous effondrâmes dans un coin de la grange pour dormir une courte heure avant de reprendre notre route vers Payto. Une fête de village, le ciel bleu, des prairies verdoyantes, nous étions en train de sortir du cauchemar dans lequel nous nous débattions depuis des mois.

§

Fondée par le premier essaimage parti d'Hattiarina, Payto était la plus ancienne cité hattiante de Kephti et certainement une des plus belles. Accueillante, bourdonnante d'activité, elle était encore animée par l'esprit de liberté et de joie de vivre des premiers colons. Le faubourg occupait tout le flanc de la colline. De l'autre côté, à un stade de la cité, un camp avait été aménagé pour accueillir les réfugiés venus des régions de l'Est. La caravane menée par Sin-Andul y avait retrouvé les rescapés d'Hattiarina qui, après avoir tenté de débarquer à Dikta, avaient continué jusque-là. J'étais heureuse de voir tous les survivants ainsi réunis mais une joie encore plus grande m'attendait. Nous étions en train de nous congratuler les uns et les autres lorsque Sin-Andul apparut, accompagné de deux jeunes femmes. Après un instant d'incrédulité, je sentis mes jambes flageoler au point de devoir me tenir à Théodossis. C'était bien Isthar et Ninlil qui me tendaient les bras. Alors que je me jetai sur elles pour les étreindre, une terrible émotion m'envahit. Depuis l'effroyable récit de la fuite d'Hattiarina, j'évitais tout ce qui pouvait me rappeler ma famille ou mes amis disparus. Le bonheur de ces retrouvailles rouvrait la plaie. Incapable de contrôler mes sanglots de peine et de joie mêlées, je ne pouvais plus me détacher d'elles. Elles m'entraînèrent à part. Avec sa joie toujours si communicative, Isthar sut trouver les mots pour me faire penser à autre chose et même, en évoquant nos folles équipées, me faire rire.

– Comment êtes-vous arrivées à Payto ? lui demandai-je.

– Après ton départ, les travaux n'en finissaient pas dans notre école. Les parents nous ont envoyées à Kamaljia, chez des amis qui ont deux enfants de nos âges. Dès notre arrivée, je suis tombée malade. J'étais fiévreuse et je toussais beaucoup. Notre hôtesse nous a alors envoyées à Payto chez une amie réputée pour ses connaissances médicinales contre cette fièvre.

Le teint pâle, les traits tirés, elle paraissait encore fatiguée.

– Et tu es guérie, maintenant ?

– Oui, oui, ça va.

– Tu es sûre ?

– Ça va, te dis-je, ne t'inquiète pas. Mais, sais-tu à quoi j'ai tout de suite pensé lorsque Sin-Andul m'a appris que tu étais à Kephti ?

Je m'attendais à l'une des extravagances dont elle avait le secret.

– J'ai pensé qu'avec tous ceux d'Hattiarina, nous devrions fonder une nouvelle cité.

Ninlil enchaîna.

– ... Et figure-toi qu'en écoutant parler à droite et à gauche, nous nous sommes rendu compte que beaucoup de gens y pensaient aussi.

Elles attendaient que je réagisse.

– Vous pensez trop ! Bien sûr, nous aimerions tous refonder une cité. Mais ce n'est pas le moment. Il y a encore trop d'incertitudes et de menaces qui pèsent sur l'avenir de Kephti. Venez, allons rejoindre les autres pour fêter nos retrouvailles.

§

Sin-Andul avait demandé une audience à Mère Ninkilim sur la question de notre installation dans le village abandonné. La Matriarche nous expliqua qu'il s'agissait de la cité initialement créée, sous le nom de Dawo, par les colons du premier essaimage d'Hattiarina. Grâce à son port ouvert sur l'Égypte, la colonie avait connu un développement très rapide. Le site ne permettant pas les agrandissements devenus nécessaires, il avait été décidé de construire un nouveau centre de commerce sur le site actuel de Payto. Au fil des années, l'attraction des nouvelles installations, plus modernes et mieux équipées, avait vidé l'ancienne ville de ses habitants. La Matriarche ne fit pas d'objection à ce que nous investissions ce qu'elle appela d'emblée le quartier Dawo, insistant ainsi sur le fait qu'il resterait placé sous son autorité. Elle ajouta que, Payto étant surchargée, nous devrions prendre entièrement à notre compte les travaux de restauration. Elle conclut en désignant Sin-Andul comme intendant de ce nouveau quartier.

J'enchaînai sur la proposition d'Issessinak pour une alliance entre Kunisuu, Opsjia et Payto. Elle réagit vivement.

– Je connais Issessinak et je ne l'aime pas. Il a un goût malsain pour le luxe et les apparats, il est prétentieux et ses attentions pour la Matriarche sont inconvenantes. Avant la catastrophe, j'allais souvent visiter Mère Nunbarshe à cause de sa maladie. À cette époque il m'avait déjà parlé d'une alliance de nos deux cités, « les plus puissantes de Kephti » selon ses propres mots. Cette expression était révélatrice de ses ambitions et j'avais bien compris qu'il se voyait à la tête de cette union. Je constate qu'il profite de la situation pour revenir à la charge. Mais ma position n'a pas changé : je ne ferai aucune alliance avec lui. Quant à Lu-Namhani, la Matriarche d'Opsjia, je ne l'ai vue qu'une fois et cela me suffit pour savoir que je ne pourrai jamais m'entendre avec elle. C'est une femme imbue de sa personne qui méprise son peuple.

J'étais satisfaite de la voir dans ces dispositions vis-à-vis d'Issessinak, mais je voulais aussi l'amener à admettre la nécessité de se doter au plus vite d'une force armée. Pour lui montrer qu'il n'était pas seulement assoiffé de luxe et de richesses, je lui décrivis ce que nous avions vu et vécu à Kunisuu.

– Je suis surprise de ce que tu me dis sur la façon dont les gens seraient traités à Kunisuu. Issessinak n'est qu'un vaniteux sans envergure. S'il fabrique des armes, c'est sans doute pour compenser ses dépenses somptuaires en les vendant aux Égyptiens ou aux Achéens. Je ne peux pas croire que ce soit pour les tourner contre des Hattiantes. La Grande Fédération des cités est fondée sur un refus de l'usage de la force armée et, jusqu'à preuve du contraire, Kunisuu en fait partie.

J'insistai en essayant de la convaincre qu'il allait être confronté à d'importantes difficultés d'approvisionnement, et qu'il finirait forcément par s'en prendre à la région la moins touchée, c'est-à-dire à nous. Avant même que j'eusse terminé, d'un ton agacé, elle prétexta d'autres affaires en attente pour mettre fin à l'audience. Je ne pouvais pas convaincre la Matriarche de mobiliser des ressources contre un danger auquel elle ne croyait pas.

§

Malgré cette situation très préoccupante, face aux nécessités, ce fut notre installation à Dawo qui devint rapidement notre préoccupation principale. Les constructions étaient encore debout, mais la plupart des toitures et des terrasses étaient effondrées. Envahi par la végétation, le réseau d'égouts était hors d'usage. Beaucoup de dalles étaient déchaussées par des racines et les canaux étaient remplis de terre et de débris. Les murs de la petite Maison Centrale étaient en bon état mais les charpentes avaient disparu et un imposant platane avait prospéré en plein milieu de l'entrée. Seule la Place Centrale, avec son alignement d'échoppes et sa halle couverte encore debout, était utilisable presque telle quelle.

En dépit de ces difficultés, nous étions tous enthousiastes. La première opération consista à attribuer les maisons. Pour Théodossis et moi, la question était particulière. Nous prévoyions de retourner à Ios mais ni lui ni moi n'envisagions de quitter Kephti tant que la menace d'Issessinak n'eût pas été écartée. Ne sachant pas combien de temps cela allait prendre, il nous était difficile de choisir comment nous installer. Isthar et Ninlil nous apportèrent la réponse en nous demandant de venir habiter avec nous. Remettant nos interrogations à plus tard, nous choisîmes une maison, pas très grande, mais suffisante pour la famille qu'elles voulaient recréer.

Située en bordure d'un bois, elle était envahie de ronces et de genêts. Nous nous attaquâmes énergiquement au défrichage. Cependant, une fois passée l'euphorie du début, notre chantier familial s'essouffla. Toujours pas rétablie, Isthar se fatiguait vite,

Ninlil était plus souvent dans la famille de son nouvel amoureux que chez nous, Théodossis passait de plus en plus de temps au port pour essayer de se procurer un bateau de pêche et moi, j'étais accaparée par le chantier de la voirie que Sin-Andul m'avait confié. Heureusement, la plupart des autres familles furent beaucoup plus assidues, si bien qu'en quelques semaines notre quartier commença à reprendre vie. Malgré un approvisionnement encore limité, le marché se tenait tous les matins et, autour de la Place Centrale, des ateliers d'artisans commençaient à s'installer.

Anticipant sa future nomination à la responsabilité des festivités Isthar proposa d'organiser l'inauguration de la Maison de quartier à l'occasion du solstice d'hiver. Les travaux n'étaient pas achevés mais les toitures étaient en état et, à l'intérieur, le plus gros était fait. C'était suffisant pour organiser une fête. Sin-Andul accepta sa proposition. Oubliant sa maladie, elle s'attela à sa tâche avec un entrain qu'elle n'avait plus eu depuis longtemps. Elle venait régulièrement me soumettre ses idées. C'était un tel bonheur de la retrouver ainsi que je l'accompagnai volontiers dans ses fantaisies sans me préoccuper du résultat. J'aurais d'ailleurs eu tort de m'inquiéter car la fête fut une réussite. Elle avait prévu des jeux où tout le monde s'amusa beaucoup, avec notamment un concours de chant mémorable. Au milieu de la nuit, alors que je récupérais d'une danse endiablée avec elle, Sin-Andul vint s'asseoir près de moi.

– Ce village abandonné a été une chance pour nous et tu as fait un travail remarquable.

Il cherchait ses mots.

– Je suis fier d'assumer la responsabilité de notre communauté …

Il avait manifestement autre chose à me dire. Il poursuivit.

– … mais, comme tous ceux d'Hattiarina, j'aurais préféré que nous fondions une nouvelle cité, … et je crois que nous devrions…

Je l'interrompis.

– Aujourd'hui, à peine neuf mois après la catastrophe, nous sommes tous réunis et nous avons de quoi nous loger et nous nourrir. C'est inespéré. Le temps de fonder une cité viendra peut-être mais nous devons d'abord finir de restaurer notre quartier et organiser notre communauté. De toute façon, Mère Ninkilim nous a clairement signifié que nous resterions sous son Matriarcat. Ce qui me préoccupe plus c'est son manque de lucidité sur la menace que représente Issessinak. Malgré tout ce que nous lui avons dit, elle refuse d'y croire. Il s'en prendra à nous et, si nous n'avons rien préparé, Payto et Dawo finiront sous sa coupe. Avant de songer à fonder une cité, nous devons écarter cette menace. Pour cela, nous devons nous armer dès maintenant.

Je fis signe à Théodossis de venir se joindre à nous. Il avait vu les armes que fabriquait Issessinak et je voulais convaincre Sin-Andul que nous pouvions en faire autant. Il l'écouta sans l'interrompre puis il dit :

– Je ne doute pas de notre capacité à fabriquer des armes. Mais pour moi, ce qui nous fait le plus défaut, c'est l'expérience de la guerre. Qui formera nos officiers et nos soldats ? Et, en supposant que nous y parvenions, quel poids aura l'armée de

Dawo face à celle qu'Issessinak construit en secret depuis des mois, peut-être des années ?

— Faisons au moins ce que nous pouvons dans l'immédiat. Quoi qu'il arrive ensuite, nous aurons gagné du temps. Si nous ne faisons rien, Issessinak pourra venir se servir dans nos entrepôts quand il le voudra. Nous n'avons pas le choix : pour nous protéger, nous devons parler le même langage que lui : celui des armes. Mère Ninkilim finira par le comprendre, par elle-même ou par la force des choses. Si nous avons déjà progressé de notre côté, nous serons prêts à travailler avec Payto pour créer une véritable armée. Nous devons nous mettre en action sans retard, avec ou sans l'assentiment de Mère Ninkilim.

— Nous ne pouvons pas nous passer de son accord. Il faut que nous allions à Payto pour lui parler.

Après la réaction de la Matriarche lors de notre dernière entrevue, j'étais inquiète du résultat de cette démarche. Pourtant, elle se montra sensible à nos arguments et, à défaut de se ranger à notre avis, elle ne s'opposa pas à notre projet. Elle rappela seulement que, pour cela aussi, nous devrions nous contenter de nos propres ressources. L'essentiel était acquis : nous allions pouvoir nous préparer activement. Dès le lendemain, Sin-Andul convoqua un conseil de quartier pour annoncer la création de l'atelier d'armement. Il en nomma Théodossis responsable et il chargea son adjoint d'organiser une collecte de tous les objets métalliques hors d'usage ou non indispensables. Un vieux hangar à l'extérieur de Dawo fut réquisitionné. Théodossis constitua une équipe pour l'aménager en atelier pendant que, de son côté, l'adjoint de Sin-Andul organisait la collecte des métaux.

Ce nouveau chantier ne tarda pas à susciter des réactions. Les travaux de restauration du quartier étaient loin d'être terminés, les artisans étaient débordés et ils craignaient qu'on les privât d'outils et de matériaux déjà difficiles à se procurer. Sin-Andul et moi, nous dûmes batailler pour calmer les esprits et maintenir l'effort, au prix de concessions qui ralentirent les travaux. Malgré tout, à la fin de l'hiver, l'atelier était prêt et suffisamment d'objets en métal avaient été rassemblés pour commencer la fabrication qui, petit à petit, prit un rythme régulier à défaut d'être intensif.

J'entrepris alors de visiter les fermes et les villages de la Mesaraa afin d'y recruter nos premiers soldats. Malheureusement, comme leur Matriarche, les paysans ne croyaient pas à la réalité du danger. Il n'y avait jamais eu de guerre à Kephti et ils n'imaginaient pas que cela pût arriver. Je ne convainquis qu'un laboureur à qui le Maître de Vatypetawa avait parlé de l'agression des miliciens de Kunisuu, et Antonis, un ancien militaire achéen marié à une Hattiante. Le premier accepta d'équiper ses ouvriers si nous lui fournissions des armes. Antonis, lui, comprit la situation mais, comme Sin-Andul, il pointa immédiatement la difficulté que constituait notre ignorance des questions militaires. Il suggéra que, pour la formation de nos soldats, nous fissions appel aux instructeurs de l'armée mycénienne au sein de laquelle il avait lui-même servi. Au vu de l'état d'épuisement de nos ressources, une opération aussi coûteuse n'était pas envisageable. En revanche je lui demandai si lui, il accepterait de former un groupe d'instructeurs hattiantes pour au moins commencer notre apprentissage de la guerre. Tout en persistant à affirmer que nous eussions mieux fait de demander aux Mycéniens de nous envoyer des instructeurs, il accepta. Nous reprîmes ensemble une campagne de recrutement en vue de constituer ce premier groupe d'élèves. Il sut mieux que moi trouver les mots pour convaincre les jeunes de la valeur de l'engagement que nous leur demandions si bien que, trois semaines plus tard, il commençait à enseigner le maniement des armes à l'unique fille et aux cinq garçons qu'il avait recrutés.

§

Au fil des mois, notre organisation militaire s'intégra dans la vie de notre quartier. Les circuits de récupération de métaux fonctionnaient de mieux en mieux et, observant les exercices qui se déroulaient dans un champ à l'extérieur du village, des jeunes commençaient à s'intéresser à l'action militaire. Théodossis partageait son temps entre l'atelier d'armes et la remise à flot d'un bateau qu'un vieux pêcheur de Payto lui avait donné, sa santé ne lui permettant plus de sortir en mer. De mon côté, je pus me remettre au chantier de la voirie et même aider Isthar pour la décoration de notre maison. Une vie ordinaire reprenait ainsi son cours, au point de nous faire oublier la menace qui, pourtant, pesait toujours sur nous.

Un jour où il faisait très beau et très froid, je descendis au port pour voir le bateau. Ni le lieu, ni la température n'étaient propices à des ébats amoureux, mais, à la maison, nous avions peu de temps pour nous. Pour une fois, nous étions tranquilles.

Le mélange de l'air glacé et de la chaleur du soleil sur la peau se révéla finalement assez stimulant. En tout cas, bien qu'un peu rapide, ce fut efficace. Deux mois plus tard, entre les nausées et les envies de dormir n'importe quand, je compris que j'étais enceinte. J'essayai d'éviter d'en parler à Théodossis avant d'être tout à fait sûre mais cela ne servit à rien parce qu'il avait remarqué que mes seins grossissaient. Il fut ravi des deux : l'enfant à venir et les gros seins.

La perspective de la naissance devint rapidement notre préoccupation principale. Nous nous installions progressivement dans notre nouvelle vie de parents, avec beaucoup de disputes, sur l'aménagement de la chambre, sur l'éducation et surtout sur le prénom. D'une prévenance que je ne lui avais jamais connue, Théodossis délaissa même son bateau pour être plus souvent auprès de moi. Il fabriquait des jouets en bois, jolis mais pas toujours adaptés pour un nourrisson. Ninlil posait mille questions sur la naissance des enfants et Isthar tissait des langes aux couleurs éclatantes, « parce qu'il n'y avait aucune raison pour que les langes fussent toujours blancs ». Comme au temps d'Urukinea, je passais des heures avec elle à parler et à rire, notamment à cause des prénoms qu'elle me proposait, originaux mais impossible à infliger à un enfant. Quand sa maladie reprenait le dessus, elle s'allongeait près de moi et elle mettait sa main sur mon ventre. Sa toux se calmait et elle s'endormait. Moi, en dépit de la joie que me procurait cette naissance à venir, j'avais souvent des pensées amères. Nous étions à quelques jours du millénaire de la fondation hattiante. Au lieu de naître au sein d'un peuple en liesse, notre enfant allait grandir sous la menace de la guerre.

§

Peu après l'équinoxe d'automne, je mis au monde une jolie petite fille navet, toute fripée avec plein de cheveux noirs. Nous l'appelâmes Mélina, prénom achéen choisi par son père et qui me plaisait bien. En dépit des drames que nous avions vécus et de la menace toujours présente à nos esprits, ce fut une période heureuse. Bien sûr, ce sentiment était plus fort pour nous mais il animait aussi tout notre quartier. Les marchés, les repas collectifs et les fêtes rythmaient de nouveau la vie de notre communauté qui, petit à petit, cicatrisait ses blessures. Malheureusement, au début de l'été, tout juste deux ans après la catastrophe d'Hattiarina, cette douceur de vivre prit fin avec l'arrivée de trois émissaires venus de Kamaljia. Mère Ninkilim convoqua le conseil en urgence pour que nous les entendions avec elle.

– Les habitants des régions de l'Est n'ont pas réussi à remettre leurs terres en culture à cause des cendres, du manque d'eau et des maladies. Avec ceux qui avaient déjà abandonné Dikta, ils sont venus grossir les camps de réfugiés autour de Kamaljia. Notre cité ne s'en sort qu'au prix d'un rationnement drastique organisé avec rigueur par Mère Nanshe et son Intendant Général. À Kunisuu, au contraire, Issessinak n'a pas su préserver les réserves de la cité. Il a rationné la population, mais, en même temps, toute sa cour s'est servie sans retenue. Les magasins étaient déjà presque vides à la fin du printemps. Il a alors attaqué la ferme de Vatypetawa. Un ouvrier égyptien qui a réussi à s'enfuir a raconté qu'un escadron armé est arrivé par surprise, avant l'aube. Ils ont rassemblé tout le monde dans la cour et ils ont exécuté le Maître devant eux. Ensuite, ils ont installé un Intendant et ils ont pillé les réserves. Deux jours plus tard, ils ont essayé de faire la même chose à Turusa. Mais la petite cité avait déjà pris la précaution de préparer sa défense. Au prix d'une rude bataille, ils ont mis la milice d'Issessinak en déroute.

Ce meurtre odieux nous ramenait brutalement à la réalité. Je m'en voulais de m'être laissé aller à la douceur d'une paix illusoire. J'avais le sentiment d'avoir trahi ceux de Vatypetawa qui nous avaient secourus avec tant de générosité. Le visage défait par l'horreur de ce qu'elle apprenait, Mère Ninkilim ne réagissait pas. Le messager poursuivit.

– Mère Nanshe a décidé de s'équiper pour notre défense, mais Kamaljia ne peut pas assumer à la fois la charge des réfugiés et la création d'une armée suffisamment forte pour attaquer Issessinak. Elle demande que nos deux cités s'allient pour se débarrasser de lui une fois pour toutes. Aujourd'hui, il est affaibli par sa mauvaise administration des ressources, mais elle craint qu'il ne s'allie avec la Matriarche d'Opsjia. Elle pourrait lui fournir les vivres qui lui manquent et, dans ce cas, il se sentirait assez fort pour s'en prendre à nous et à vous. Avant d'arriver ici, nous sommes passés à Kalataa et à Gortunjia, les deux cités situées à l'entrée de la Mesaraa. Elles se savent les premières menacées. Elles demandent que vous les aidiez.

Mère Ninkilim ne pouvait plus ignorer le danger. Reconnaissant son erreur, elle annonça sa décision de doter Payto de moyens de défense et d'aider les cités du nord de la Mesaraa à s'équiper. Ce revirement allait enfin nous permettre d'opposer au tyran une force à la hauteur de la menace. J'essayai d'en profiter pour revenir sur le cas d'Opsjia qu'elle n'avait pas voulu aborder lors du premier entretien.

– Ne devrions-nous pas tenter de convaincre Mère Lu-Namhani de nous rejoindre avant qu'Issessinak n'y parvienne ? Face à Kamaljia, Payto et Opsjia unies, il serait en position d'infériorité.

Cette fois encore, elle me rabroua sèchement.

– J'ai déjà dit ce que je pense de Mère Lu-Namhani. C'est une femme retorse qui ne cherche jamais que son propre intérêt. Discuter avec elle ne nous mènera nulle part. Ne perdons pas de temps. Occupons-nous de la défense de la Mesaraa. C'est déjà fort à faire.

Le lendemain, elle rassembla la population sur la Place Centrale. Depuis le balcon que l'on utilisait habituellement pour lancer les festivités, sans ménagements, elle annonça à une foule sidérée sa décision de créer une armée. Elle ordonna la création d'ateliers sur le modèle du nôtre et, afin de pouvoir acheter les métaux nécessaires, elle demanda que l'on accrût la production de tout ce qui se vendait à Sukypawu et en Egypte. Pour finir, elle lança un appel aux volontaires pour former les premiers bataillons.

Sous l'impulsion énergique d'une Matriarche désireuse de rattraper le temps perdu, la population de Payto se mobilisa. Quelques semaines plus tard, leurs propres ateliers commençaient à produire des armes. Des ouvriers vinrent en renfort chez nous, ce qui nous permit à la fois d'agrandir notre atelier et d'aménager en poste de veille une petite bâtisse agricole qui avait vue sur toute la Mesaraa. Soutenues par ce mouvement général, les campagnes de recrutement que je repris avec Antonis portèrent leurs fruits. Les soldats volontaires affluèrent et, grâce à notre groupe d'instructeurs, leur formation commença aussitôt sur le terrain où se tenaient habituellement les jeux de taureau et les compétitions sportives. Au début de l'automne, notre armée était une réalité. Même sans Opsjia, les efforts conjugués de Kamaljia et de Payto allaient nous permettre d'affronter Issessinak.

§

Seulement deux mois plus tard, les évènements confirmèrent à quel point cette réaction était indispensable. Une délégation de Gortunjia vint nous demander de l'aide. Kalataa, située à quelques stades au nord, avait été prise par Kunisuu. Comme à Vatypetawa, ils avaient pillé les réserves et imposé un administrateur. C'était le premier pas d'Issessinak vers la Mesaraa. Le maître de Gortunjia était certain que la prochaine attaque serait sur eux. Il nous demandait de lui fournir une protection militaire avant qu'il ne fût trop tard. Nous devions à tout prix empêcher Issessinak de poursuivre sa progression sur le chemin qui le conduisait directement à Payto et à Dawo. Après avoir étudié avec eux la configuration de leur village, nous décidâmes de leur envoyer les moyens de barrer les accès au nord de Gortunjia : du matériel et deux instructeurs pour équiper et former les cent cinquante soldats qu'ils pouvaient fournir ainsi que cinquante archers et cent vingt lanciers prélevés sur nos propres effectifs. Ils repartirent accompagnés d'une partie de nos soldats pour préparer sur place l'installation des camps militaires.

Cette opération fut la cause d'une vive dispute entre Théodossis et moi. Je voulais combattre. J'avais suivi les formations militaires et je voulais m'engager dans la lutte contre le tyran. Théodossis refusait, prétextant mon rôle de mère et ma soi-disant importance dans notre village. Je comprenais cela, mais l'idée qu'il puisse être tué au combat me fit soudainement revivre l'insoutenable vertige qui m'avait prise à l'instant où l'on m'avait dit que mon père ne reviendrait jamais. Je perdis la maîtrise de mes mots. Blessé, il se réfugia dans un mutisme complet. Nous ne nous parlâmes plus pendant plusieurs jours, jusqu'à ce que Mélina tombât malade. Elle pleurait sans cesse, souffrant de quelque chose que nous ne comprenions pas. Notre inquiétude de parents nous obligea à communiquer de nouveau et, comme par enchantement, Mélina se rétablit.

Pendant les semaines qui suivirent l'installation des fortifications à Gortunjia, il ne se passa rien. À Dawo, les rues et la place du marché, presque désertées, étaient étrangement silencieuses. Puis, un jour, les permissionnaires attendus ne revinrent pas au village. Les combats avaient commencé. Dans un élan de communion, les gens se rassemblèrent chaque soir sous la halle du marché. Pour tromper mon angoisse, j'entrepris de décorer le mur de la chambre de Mélina en parlant à Théodossis comme s'il était dans la pièce. Cette interminable attente prit fin le septième jour à la mi-journée lorsque le vigile du poste de veille fit irruption sur la Place Centrale. Il criait : « Ils reviennent, ils sont vivants. » Nous courûmes à leur rencontre. Ils étaient vivants en effet, mais dans quel état ! Les plus vaillants marchaient devant, tête basse. Les autres, blessés, étaient entassés dans des carrioles tirées par des bœufs. Tout de suite, je vis qu'il en manquait au moins une douzaine. Heureusement, j'aperçus Théodossis. Il avait le bras en écharpe, mais il faisait partie de ceux qui tenaient encore debout.

Nous installâmes les blessés dans la salle à manger commune de la Maison de quartier. Théodossis avait reçu une flèche dans le bras. Pendant que je lui recousais les chairs, entre deux grimaces de douleur, il racontait ce qui s'était passé.

– Ils ont été plus malins que nous. Nous nous attendions à ce qu'ils arrivent par la route qui descend de la montagne. Ils avaient dû envoyer des éclaireurs parce qu'ils sont passés sans que nous ne les voyions. Ensuite, ils nous ont attaqués par surprise à revers, en remontant par les flancs. Ils avaient plus d'archers que nous. Ils nous envoyaient des volées de flèches sans arrêt. Nous ne pouvions pas avancer. Puis, ils ont chargé. Nous avons résisté mais il y a eu un moment d'affolement chez nous. Ils en ont profité pour encercler une dizaine de nos soldats qui ont dû se rendre. Nous nous sommes ressaisis et, avec l'aide de ceux du flanc Est, nous les avons repoussés. Mais, pendant ce temps, leurs arrières en ont profité pour entrer dans la ville. Durant une journée, nous sommes restés face à face, à quelques coudées, sans combattre. À la tombée de la nuit, ils ont simplement levé le camp et ils sont rentrés dans la ville avec les prisonniers. Les attaquer dans les rues avec les effectifs qui nous restaient était impossible. Nous ne pouvions plus que nous replier. Nous avons perdu.

J'essayai de me montrer encourageante.

– C'était notre première bataille. Nous allons en parler et en tirer les enseignements. Tu expliqueras tout ce qu'il faut améliorer.

– Nos soldats ont été vaillants et nos équipements sont bons, surtout nos boucliers. Les leurs sont trop lourds et ils ne résistaient pas bien à nos lances. Mais il nous faut plus d'archers et surtout il faut prévoir beaucoup plus de flèches. Nous en avons manqué trop tôt.

Trois morts, dix-sept blessés, douze prisonniers et Issessinak qui avait fait un pas de plus vers Payto. Le bilan était désastreux. Cette défaite confirmait les inquiétudes d'Antonis. Quelle que soit la qualité de nos armes, elle ne pouvait compenser notre manque d'expérience. Issessinak, lui, avait eu tout le temps d'entraîner ses troupes, peut-être même avec l'aide de conseillers égyptiens ou hittites.

Le lendemain, un conseil de guerre réunit Sin-Andul, Théodossis, Antonis, moi et Enmerkar, l'Intendant Général de Payto. Nous étions en pleine discussion sur les différentes possibilités envisageables pour arrêter la progression d'Issessinak dans la Mesaraa lorsqu'un adjoint d'Enmerkar fit irruption dans la salle. Mère Ninkilim nous demandait de la rejoindre dans son office. Elle nous y attendait en présence d'un homme.

– Voici Payata. Il vient d'Opsjia où il est marchand de vin. Il est arrivé ce matin avec toute sa famille en nous demandant asile. Il va vous expliquer pourquoi.

– Il y a un peu plus d'une semaine, Mère Lu-Namhani a réuni tout le monde sur la Place Centrale. Elle a expliqué que la

population de Kunisuu risquait la famine à cause des mauvaises récoltes et des ravages de la montée des eaux sur leur côte. Après, elle a annoncé qu'au titre du pacte de la Grande Fédération, elle avait accédé la demande d'aide de Mère Nunbarshe et qu'en conséquence elle était contrainte de nous imposer un rationnement jusqu'à ce que Kunisuu ait reconstitué ses réserves. Nous avons tous accepté par solidarité avec la population de Kunisuu.
Nous ne voyions pas où il allait en venir.
– Poursuit, Payata. dit Mère Ninkilim.
– Hier, en me rendant à mes vignes, j'ai croisé un attelage qui avait cassé une roue. En les aidant à tirer leur chariot sur le bord de la route, j'ai aperçu leur chargement. Il s'agissait de boucliers, de casques et de lances. Les charretiers ont refusé de me donner des explications, mais j'ai compris ce qui se passait. Opsjia est en train de s'armer. Mère Lu-Namhani utilise les réserves de notre cité pour acheter des armes. Les gens d'Opsjia se croient à l'abri de la folie d'Issessinak. Ils se trompent. Moi, je ne veux pas que mes enfants vivent dans une cité où les milices arrêtent les gens dans la rue et où tout le monde surveille tout le monde. Alors je ne suis pas seulement venu vous demander asile pour ma famille. Je veux aussi combattre à vos côtés.
Issessinak s'était lancé à l'attaque en direction de la Mesaraa parce qu'il avait réussi à la fois à régler son problème de vivres et à se faire un allié militaire. Lorsqu'Opsjia serait, elle aussi, suffisamment armée, plus rien ne pourrait l'empêcher d'asservir Kephti tout entière. Cette alliance était le coup de grâce. Antonis intervint.

– Kunisuu est équipée militairement depuis longtemps et elle elle est reliée par la route avec son alliée Opsjia. Face à cela, notre armée commence tout juste à exister et nous sommes isolés de notre alliée, Kamaljia. Attaquer l'alliance Kunisuu-Opsjia est désormais au-delà nos forces. La seule chose que nous pourrions faire serait d'essayer de barrer l'accès à la Mesaraa.

– C'est-à-dire laisser les trois quarts de Kephti tomber sous le joug d'Issessinak, ajouta Mère Ninkilim. Nous ne pouvons pas nous contenter de nous barricader en abandonnant Kamaljia. Nous devons nous battre.

Sin-Andul suggéra que nous concentrions toutes nos forces uniquement sur Gortunjia, en attaquant le plus rapidement possible.

Antonis poursuivit.

– Même si nous parvenions à reprendre Gortunjia, Issessinak finirait par entrer dans la Messaraa, du côté d'Opsjia par exemple. Au début, j'ai suggéré que nous fassions appel aux instructeurs mycéniens pour notre formation militaire. Maintenant, je vois que cela n'aurait pas été suffisant et que seul l'appel à une armée forte et expérimentée combattant à nos côtés peut nous permettre de vaincre Issessinak. Mycènes possède une telle armée et, grâce au roi Furumark, la cité est en paix actuellement.

À mon étonnement, Mère Ninkilim, ne rejeta pas cette possibilité.

– Des terres d'Arsawa jusqu'à celles d'Elam, Furumark et son armée sont redoutés par tous. Ce serait peut-être une solution.

J'intervins.

– L'armée de Mycènes pourrait peut-être nous fournir un appui décisif mais je ne vois pas comment nous pourrions la rétribuer pour une opération d'une telle ampleur.

– Tu as raison, mais d'après ce que dit Antonis je comprends que, si nous persistons à nous défendre seuls, nous nous épuiserons sans parvenir à éliminer Issessinak et alors c'est lui qui nous éliminera. Je pense que nous n'avons pas le choix.

Enmerkar évoqua alors la possibilité de négocier avec Issessinak un partage de l'île en échange de garanties de non-agression de sa part. Mère Ninkilim comme moi étions convaincues qu'aucun accord avec un fourbe pareil n'aurait pu garantir quoi que ce fût. La Matriarche rejeta catégoriquement toute idée de compromis avec lui. Elle poursuivit.

– Je crois que nous devons d'abord contacter le roi Furumark pour savoir s'il pourrait accepter de nous aider. La question de nos moyens viendra après. Nous n'avons pas de temps à perdre. Je dois convoquer le conseil de la cité pour en décider.

Le conseil se réunit le soir même.

Mère Ninkilim demanda à Antonis de leur détailler la situation militaire. D'emblée, ils rejetèrent le principe de l'intervention d'une armée étrangère sur le sol hattiante, considérant qu'il serait très difficile de s'assurer qu'elle repartît après la victoire. Après nos argumentations, certains revinrent sur leur position en évoquant, eux aussi, la possibilité de négocier avec Issessinak. Les discussions se prolongèrent toute la nuit. Mère Ninkilim écouta les arguments des uns et des autres sans intervenir puis, au petit matin, elle interrompit les débats.

– Je suis certaine qu'aucune négociation n'est possible avec Issessinak. Il trahirait sa parole sitôt l'accord signé. En revanche je partage vos inquiétudes sur les risques que comporterait l'intervention de l'armée mycénienne sur notre terre. Cependant, pour l'instant, nous ne savons même pas si le roi Furumark serait disposé à nous aider et, si cela pouvait être le cas, nous ne savons ni quand ni à quelles conditions cela serait possible. Issessinak ne tardera pas à profiter de la situation actuelle. Nous devons avancer. Je propose d'envoyer une délégation auprès du roi de Mycènes. Nous saurons s'il accepte de nous aider et ce qu'il demande en contrepartie. Nous jugerons alors des risques que cela comporte et nous prendrons notre décision. Que ceux qui sont opposés à cette démarche s'expriment maintenant.

La Matriarche balayait l'assemblée du regard. Personne ne réagit.

– Parfait ! Nous devons donc former la délégation qui se rendra à Mycènes. Si elle l'accepte, je souhaite qu'Asiraa conduise cette délégation. Il me semble qu'elle est toute désignée pour cela. Elle a été la première à nous alerter sur la gravité de la menace que représentait Issessinak et elle a plusieurs fois fait preuve de ses talents de négociatrice. Si elle est d'accord, elle représentera les quatre Matriarches des cités libres de Kephti : Kamaljia, Chaminjia, Dikta et Payto, avec le titre d'Ambassadrice de la Grande Fédération. Elle devra donc d'abord se rendre à Kamaljia pour obtenir l'aval de Mère Nanshe et des Matriarches de Chaminjia et de Dikta qui y résident. Elle sera accompagnée de notre Intendant Général, Enmerkar à qui je demande de

préparer cette ambassade sans délai, sous ses directives. Si personne n'a de question, …
– Ce conseil est terminé.
Pendant que les participants sortaient, Mère Ninkilim me fit signe de rester.
– Pardonne cette nomination peu protocolaire. Je ne voulais pas encore perdre du temps à tenir un autre conseil. C'est une lourde responsabilité, mais je suis confiante dans ta capacité de la mener à bien.
– Votre confiance m'honore, Mère, et c'est avec fierté que j'accepte cette mission. Je ferai de mon mieux pour en être digne.
– Je n'en doute pas. Je souhaitais te parler d'une question que je n'ai pas voulu aborder en conseil pour éviter de relancer les débats. Nous n'avons pas de quoi payer le roi, mais nous pouvons peut-être l'intéresser d'une autre manière. Peu après son intronisation, il était venu rendre visite aux Matriarches de la Grande Fédération. Il nous avait alors parlé de son souhait de développer le commerce entre les Achéens et les Hattiantes. Depuis, il n'est jamais revenu à Kephti mais je pense que tu pourrais lui en reparler. J'avais noté en particulier qu'il s'intéressait à nos relations avec les Égyptiens. Nous pourrions lui proposer de lui ouvrir la voie de ce côté. Tu devras être attentive pour comprendre ce qui peut le décider à venir à notre secours. Mais le temps presse. Nous ne pouvons pas nous permettre plusieurs allers-retours à Mycènes. Tu devras donc nous engager dès cette première ambassade sur les compensations que nous sommes prêts à lui offrir.

– Je comprends. Quelle sorte d'homme est Furumark ?

– Il est … charmant ! Charmeur surtout. Un peu trop à mon goût. Enfin, tu en jugeras par toi-même. Mais sois sur tes gardes, c'est aussi un roi qui ne perd jamais de vue ni les intérêts de son peuple ni les siens.

– Je ne reviendrai qu'avec sa promesse de nous aider à éliminer Issessinak.

– Tu devras aussi apporter des cadeaux. J'ai pensé à de la pourpre. Nos ateliers sont réputés pour produire les plus belles teintes, d'une qualité qui n'a rien à envier à celle de la cité de Tyr. Tu prendras aussi des robes brodées. Elles sont très appréciées des Achéennes. Le roi sera ravi de pouvoir les offrir aux dames de sa cour.

– Je voudrais aussi formuler une demande.

– Oui ?

– Je souhaite que ce soit mon compagnon qui nous emmène à Mycènes.

– Bien sûr. Va ! Et que l'esprit de la reine Nanaya veille sur toi.

Les jours suivants furent d'autant plus épuisants que la perspective de devoir laisser Mélina m'angoissait. Nous passions le plus de temps possible avec elle. Deux jours avant notre départ, nous nous isolâmes pour nous retrouver tous les trois à la maison. Je pus prendre le temps de lui expliquer ce qui arrivait et pourquoi nous allions devoir partir. La veille, je fis la sieste avec elle dans un hamac. Repue, elle dormait sur ma poitrine. J'avais l'impression qu'elle voulait retourner dans mon ventre pour partir avec nous.

§

FURUMARK

Enmerkar se posait des tas de questions sur notre ambassade. Comment allions-nous obtenir une audience auprès du roi ? Qu'allait-il nous demander en échange de son aide ? Que fallait-il refuser à tout prix ? Combien de soldats faudrait-il lui demander ? J'essayai de lui expliquer qu'il valait mieux ne pas trop anticiper, mais il ne s'arrêtait pas. Il ne cessa de parler qu'après le passage de la pointe Sud-Est de Kephti. Une mer agitée avec un vent presque de face rendit la navigation très inconfortable. L'air concentré, il pâlissait à vue d'œil. Au moment où j'allais lui suggérer de se mettre du côté sous le vent, il traversa le bateau comme une flèche pour aller vomir par-dessus bord en se cramponnant au bastingage. Pendant les deux jours passés ensuite à louvoyer le long de la côte, il ne quitta plus le plat-bord, le nez au raz des vagues.
Lorsque nous arrivâmes en vue du port de Kamaljia, deux bateaux vinrent à notre rencontre. Ils étaient munis d'un éperon en bronze à la proue et leur équipage était armé. Après nous avoir obligés à de longues explications sur les raisons de notre venue, ils nous escortèrent jusqu'au port où des soldats armés nous conduisirent à la capitainerie. La guerre que la reine

Nanaya avait fuie était bel et bien arrivée en terre hattiante. Après deux heures d'attente au cours desquelles Enmerkar reprit un teint à peu près normal, une escorte vint nous chercher pour nous conduire à Mère Nanshe. Depuis notre dernier passage, le camp de réfugiés avait encore doublé de taille. Dès la sortie du port, on commençait à voir des cabanes de part et d'autre de la route, de plus en plus serrées les unes contre les autres à mesure que l'on approchait de la cité.

§

Les traits tirés, les cheveux gris, Mère Nanshe paraissait avoir vieilli de plusieurs années. Je lui expliquai l'objet de notre visite.
– Le roi Furumark a la réputation d'un excellent chef de guerre. Avec son aide, nous pourrions sans doute vaincre Issessinak. Mais il exigera certainement des compensations importantes. Comment comptez-vous le payer ? Pour ce qui concerne Kamaljia, je dois te prévenir que nous ne pourrons pas contribuer. Nous sommes submergés par l'afflux de réfugiés. Les récoltes sont très insuffisantes et nos artisans ne produisent pas assez pour subvenir à nos besoins.
– Même si elle est moins touchée que vous, Payto a également accueilli beaucoup de réfugiés. Elle non plus ne pourra rien proposer. Nous projetons d'intéresser le roi en offrant des avantages commerciaux aux mycéniens et en les aidant à vendre en Egypte et à Sukipawu.
L'Intendant Général de Kamaljia objecta, comme certains à Payto, qu'en faisant venir l'armée mycénienne sur notre terre on risquait de la voir s'installer durablement. Mère Nanshe anticipa ma réaction

– C'est vrai, mais avec Issessinak, ce n'est pas d'un risque qu'il s'agit. C'est la certitude que l'enfer s'abattra sur le peuple Hattiante. Je suis du même avis que Mère Ninkilim. Voyons ce que le roi nous propose. Au pire, il éconduira Asiraa, et nous serons revenus au même point qu'aujourd'hui. Au contraire, si elle parvient à le convaincre, nous pourrons éliminer cette menace. C'est le plus important. Après ça...

Elle levait les deux mains pour dire « Advienne que pourra ! ».

Pendant la suite de l'entretien, elle nous expliqua que, depuis l'attaque de Vatypetawa, Issessinak gardait ses milices à distance. Il s'était rendu compte que Kamaljia était bien armée et que sa population avait triplé. Le morceau devait lui paraître trop gros. Mais, avec l'aide d'Opsjia, elle ne doutait pas qu'il finît par se sentir suffisamment fort pour revenir à l'attaque. Au moment de nous séparer, elle me confia :

– Méfie-toi de Furumark. C'est un grand séducteur. Ne te fait pas duper.

Le lendemain, une réunion fut organisée avec les Matriarches de Chaminjia et de Dikta qui étaient hébergées à Kamaljia. Jeunes et inexpérimentées, elles se rallièrent à l'avis de Mère Nanshe. Une fois les trois sceaux apposés sur le papyrus à côté de celui de Mère Ninkilim, nous appareillâmes pour Mycènes sans plus attendre.

§

Théodossis affecta Enmerkar aux lignes de traîne. Il lui apprit à placer les appâts, à dérouler la ligne sans l'emmêler et à bien la surveiller pour ne pas se faire voler une prise par un requin ou un barracuda. Enmerkar prit cette mission à cœur, ce qui eut deux effets positifs. Il n'eut plus le mal de mer et il cessa de parler. Il prit le coup rapidement, ramenant régulièrement des poissons qu'il découpait lui-même pour les mettre à sécher au soleil.

Après huit jours d'une navigation épuisante, nous arrivâmes enfin à Kios, le port de Mycènes. C'était le même grouillement, la même fête de couleurs et de bruits qu'à Aphaia. Comme là-bas, il y avait l'enfilade des tavernes avec leurs terrasses fleuries et les serveuses riant aux blagues éculées des marins. À Kephti, tout cela avait disparu. Même à Kommo, le port de Payto, la plupart des tavernes avaient fermé. Les gens étaient trop occupés ou trop fatigués pour venir s'y distraire. Dans celles qui restaient ouvertes, on ne parlait que des difficultés de la pêche, du froid, des maladies et de la guerre qui menaçait.

À la capitainerie, lorsque nous leur annonçâmes que nous venions de Kephti pour rencontrer le roi, ils ne nous crurent pas. Lors de l'explosion, ils avaient aperçu la colonne de fumée et entendu les détonations les plus violentes. Ensuite, ils n'avaient plus rencontré aucun bateau hattiante et des marins racontèrent qu'ils ne voyaient plus Hattiarina. Des rumeurs coururent alors, affirmant que les Hattiantes avaient été engloutis sous les eaux. Nous eûmes beau leur expliquer ce qu'il en était, ils restèrent d'autant plus soupçonneux sur nos intentions qu'ils ne comprenaient pas la présence d'un achéen avec nous. Ils nous éconduisirent.

– Le roi ne vous recevra pas. Vous auriez dû envoyer d'abord des émissaires pour demander une audience.

De retour sur le bateau, dépitée, je regardais les gens aller et venir, lorsqu'une charrette vint s'arrêter à notre hauteur pour décharger. L'âne qui y était attelé avait le même museau blanc et les mêmes ronds autour des yeux que Waspi.
– Il te plaît, mon âne ?
Perdue dans mes pensées, je ne me rendis pas compte qu'il était surprenant qu'on me parlât en hattiante. Je répondis de même.
– J'ai une ânesse qui lui ressemble et je suis sûre qu'il lui plairait aussi.
Le charretier revint à l'achéen.
– Oh là ! Tu parles trop vite. Il y a longtemps que je n'ai plus parlé hattiante.
– Où as-tu appris notre langue ?
– J'ai vécu dix ans avec une Hattiante. Quand elle était de mauvaise humeur, elle pestait en hattiante. Alors, forcément, j'ai appris.
– Ça lui arrivait souvent, on dirait.
– Tout le temps ! C'est pour ça que nous ne sommes plus ensemble.
– Et moi, comment as-tu su que j'étais Hattiante ?
– Depuis cette époque, je reconnais une Hattiante à cent stades.
– Et tu pars en courant ?
– Pas toujours. Certaines sont très séduisantes …
– Méfie-toi, mon compagnon est achéen. Tu es bien placé pour savoir que les Achéens sont jaloux.
Il salua Théodossis qui affichait déjà un air renfrogné.
– D'où viens-tu ? Je croyais que les Hattiantes étaient tous morts.

– Hattiarina a été ensevelie sous les cendres et une partie de Kephti a été ravagée. Comme tu le vois, nous n'avons pas disparu. Mais nous avons besoin d'aide et c'est ce que je viens demander à votre roi. Nous devons nous rendre à Mycènes pour le voir.
– Rien que ça ! Tu crois qu'il te recevra ?
– Bien sûr.
– Et comment comptez-vous aller à Mycènes ?
– Je ne sais pas. Pour l'instant, nous essayons de nous remettre de notre voyage.
– La route est longue. À pied, avec vos bagages, vous ne pourrez pas arriver avant la nuit. Moi j'y retourne. J'ai quelques ballots à charger et après, je peux vous y emmener. Il y aura encore de la place dans la charrette.
J'acceptai sans hésiter. Pendant qu'Enmerkar et Théodossis s'effondraient sur les ballots de chanvre, je m'assis sur le banc, à côté de Stavros, notre charretier. J'espérais obtenir des renseignements sur Furumark. Cela fut peine perdue. Il ne me parla que de ses innombrables conquêtes. J'essayais de ramener la conversation au roi de Mycènes mais il revenait toujours à ses exploits. Finalement, lassé de mon manque d'enthousiasme, il cessa de parler. J'avais seulement appris que le roi était plutôt apprécié par la population et qu'il organisait régulièrement des manifestations à la gloire de ses grandes réalisations.

§

La citadelle de Mycènes était située au sommet d'un contrefort, au pied des hautes montagnes qui bordaient la vallée. Ceinte d'une imposante muraille aveugle, elle était austère, presque inquiétante. À l'extérieur des fortifications, les pentes de la colline étaient occupées par un immense faubourg. Je pris conscience du manque de préparation de notre expédition. Sans y avoir réfléchi, j'avais supposé que, comme nous l'avions fait à Kamaljia ou à Payto pour rencontrer les Matriarches, nous allions pouvoir nous rendre directement à la résidence du roi où nous serions reçus sans autre formalité. Ici, le monde était séparé en deux : le faubourg, à l'extérieur de l'enceinte, et la citadelle royale, à l'intérieur. Nous étions à l'extérieur et je ne savais même pas par où on accédait à la citadelle.

Habitué à son trajet, notre âne progressait régulièrement dans l'enchevêtrement de ruelles. Arrivé à une petite place, il s'arrêta. Au milieu, trônait un imposant platane sous lequel une auberge avait disposé ses tables. Stavros nous sortit de notre torpeur.

– Nous y sommes. J'habite ici.

Il ne nous restait presque plus rien à manger et nous n'avions nulle part où dormir. Le mieux eut été de nous rendre directement au palais. Je demandai à Stavros où nous pouvions entrer dans la citadelle.

– Il faut se rendre à l'une des trois portes, présenter un sauf-conduit et payer l'octroi. Quant à aller au palais, je ne sais pas comment cela se passe. Il faudra vous renseigner au poste de garde mais vous ne pouvez rien faire avant demain matin. Venez, je vous offre une bière à l'auberge de mon frère. Il a des chambres pour les commerçants de passage. Je vais lui demander s'il en a de libres. Au pire, vous dormirez dans la charrette. Attendez-moi ici, je vais lui parler.

Enmerkar était excédé de me voir improviser à ce point. J'essayai de me montrer confiante en affirmant que la lettre avec les quatre sceaux nous permettrait d'accéder facilement au roi mais cela le mit hors de lui. Il se plaignait qu'après un voyage épuisant nous aboutissions nulle part, obligés de dormir dans une charrette, le ventre creux. Théodossis s'apprêtait à le calmer lorsque les deux frères revinrent.

– Stavros m'a expliqué votre situation. J'ai bien une chambre libre, mais je ne pourrai pas vous la laisser pour rien.

– Nous n'avons que les cadeaux destinés au roi : du vin, des robes brodées, du safran et de la pourpre. Nous n'avions pas prévu de rester en ville. Nous pensions être reçus au palais dès aujourd'hui.

– Gardez vos présents. Vous ne pourrez pas vous présenter au roi les mains vides. Je veux bien vous laisser la chambre pour cette nuit mais, après, vous devrez la libérer.

– Je te remercie. Nous pourrons au moins nous reposer. Je suis sûre que demain notre lettre d'ambassade nous permettra d'accéder à la citadelle. Je pourrai quand même te donner du safran, si tu en as besoin pour ta cuisine.

– Ne t'inquiète pas pour ma cuisine. Mais n'y crois pas trop. Il est très difficile d'entrer dans la citadelle. Il vous faudra des jours rien que pour obtenir un sauf-conduit. En plus, je crois que le roi est parti chasser dans les montagnes. En général, cela dure au moins une semaine. J'aurais bien une proposition à te faire, mais je crains qu'elle ne te froisse.

– À ton tour, ne t'inquiète pas pour moi. Je veux rencontrer le roi. Dis-moi ...

– Il me manque une serveuse. Si ça te dit, je vous offre le gîte et le couvert en échange.

C'était une chance inespérée. Nous allions pouvoir faire nos demandes de sauf-conduit et d'audience en attendant le retour du roi. Enmerkar s'emporta. Il n'admettait pas qu'une Ambassadrice de la Grande Fédération travaillât comme serveuse dans une taverne achéenne. J'eus beau lui expliquer que personne ne saurait qui je suis, il continuait à crier en hattiante, attirant sur nous l'attention de toute la place. Théodossis, lui, trouvait cela très amusant. Il se réjouissait à l'idée de pouvoir enfin mettre la main aux fesses de la serveuse sans prendre une gifle. Je lui déconseillai de s'y risquer.

Avant ma première journée de travail, nous nous rendîmes à l'une des portes de la citadelle pour comprendre comment cela se passait. Fermée d'une lourde herse, elle était sévèrement gardée. Je demandai au prévôt si nous pouvions obtenir une audience auprès du roi, en insistant sur mon statut d'Ambassadrice des Matriarches de Kephti. Soupçonneux, il nous demandait quantité de précisions sur nous et sur les motifs de notre démarche. Il finit par accepter d'enregistrer notre demande d'audience. Tout cela prit la matinée entière, pour en arriver à ce qu'il nous confirme que le roi était absent, et que nous aurions une réponse dans une dizaine de jours. De retour à l'auberge, je n'avais envie que de m'enfermer dans la chambre et ne plus voir personne mais le patron s'impatientait. Revenant des champs et de la pêche, les clients affluaient.

Le frère de Stavros était un homme chaleureux, si bien que son auberge était fréquentée par des gens chaleureux. Très vite, en tant que survivante hattiante, je devins la curiosité du quartier. En bon commerçant, il comprit comment en profiter. Il me demanda de faire mon service habillée d'une des robes brodées dont je lui avais parlé. Je ne pouvais pas le lui refuser. Son idée se révéla excellente. La terrasse ne désemplissait pas et je m'amusais beaucoup, au grand désespoir d'Enmerkar.

§

Lorsque le roi revint de la chasse, la nouvelle de l'arrivée de son équipage à l'entrée du faubourg vida l'auberge d'un coup. Massés au bord de la rue principale, les curieux jouaient des coudes pour s'approcher le plus possible. Noyée dans cette foule de gens plus grands que moi, je ne voyais rien. Soudain, le claquement des sabots couvrit le bruit de la foule. Dressée sur la pointe des pieds, je pus le voir un court instant, suffisant pour le reconnaître sans hésitation : son port altier le faisait paraître plus haut sur son cheval que les autres cavaliers. Il toisait la foule avec un imperceptible sourire de satisfaction.

Voir ainsi le roi en chair et en os nous redonna espoir. Enmerkar se rendait tous les matins à l'octroi pour prendre des nouvelles de notre demande. Au bout d'une semaine, le prévôt l'informa que nous allions être reçus par un « rawateka », l'équivalent d'un Intendant Général hattiante d'après ce que m'expliquèrent les gens à l'auberge. Bien que cela me rappelât le mauvais souvenir de la visite forcée à Kunisuu, nous n'avions pas le choix. On nous conduisit sous escorte à des bâtiments administratifs, où le rawateka nous reçut aussitôt. Contrairement à ce que je craignais, il parcourut avec attention la lettre signée par les quatre Matriarches. Il me demanda des précisions sur la qualité des signataires et sur l'état de nos forces armées. Il nous promit de remettre la lettre au roi, tout en précisant que celui-ci était très pris par le grand chantier de son mausolée. J'essayai d'insister sur l'urgence de notre situation. Il m'interrompit d'un signe de la main et il mit fin à l'entretien en nous demandant d'attendre qu'on nous envoyât un messager.

§

J'avais été bien présomptueuse en croyant que nous serions reçus aussitôt par le roi, sur la seule foi de notre statut. Cette succession d'espoirs et de déconvenues était épuisante. À l'auberge, les clients virent que je n'étais pas bien. Lasse d'avoir à donner le change, je décidai de leur expliquer qui j'étais vraiment et pourquoi nous étions venus à Mycènes. Ils furent choqués que leur roi ne réagît pas. Le lendemain, ils revinrent avec leur famille et leurs amis. La place était noire de monde. En les regardant discuter entre eux sur l'attitude du roi et assaillir Théodossis et Enmerkar de questions, une idée me vint. Munie d'un chaudron et d'une grosse cuiller en bois, je montai sur une table en tambourinant sur le chaudron. Je leur dis :

– Amis achéens, la nature a infligé au peuple hattiante d'immenses désastres. Hattiarina a été anéantie. À Kephti, les cendres et la montée des eaux ont dévasté la moitié de l'île. Le bétail est mort dans les champs. Le soleil ne fait plus pousser les cultures ni mûrir les fruits. L'hiver, les plaines sont couvertes de neige et l'eau gèle dans les rues et dans les maisons. Mais le pire est que l'un d'entre nous, l'immonde Issessinak, veut en profiter pour asservir le peuple hattiante à sa tyrannie. Il a déjà soumis la cité de Kunisuu et il équipe en secret une armée pour mettre toute l'île sous sa coupe. C'est un traître qui ne mérite plus le nom d'Hattiante.

– Vous êtes attachés à votre liberté. Un peuple est en train de perdre la sienne. Pourrez-vous le laisser tomber en servitude sans réagir ? Vous avez un bon roi, qui a fait la prospérité de votre cité et qui vous préserve de la guerre. Aidez-moi à le convaincre de se porter au secours des Hattiantes.

Après un moment de flottement, un homme sauta sur la table à côté de moi et cria :

– Asiraa a raison. Ce tyran est une menace pour nous aussi. Il n'aura de cesse de vouloir étendre son emprise. Notre roi entretient à grands frais une armée plus importante que nécessaire. Il doit l'envoyer à Kephti pour mettre Issessinak hors d'état de nuire.

Des cris fusèrent de toutes parts.

– Aidons Asiraa ! Libérons Kephti !

Ces réactions m'exaltèrent.

– Allons au poste de garde pour réclamer une audience au roi.

Ils nous suivirent sans hésiter. Ils étaient des dizaines à crier : « Une audience, une audience ! » En marche vers le poste de garde, un homme vint à ma hauteur.

– Il te faut plus de monde. Suis-moi, nous allons passer par toutes les auberges de la ville. Tu vas leur parler comme tu l'as fait sous le platane et nous allons les emmener à l'octroi.

Tout l'après-midi, nous fîmes la tournée des auberges. À chaque fois, nous repartions avec plus de monde. À notre passage dans les rues, les gens sortaient de leur maison. On leur expliquait ce qui se passait et beaucoup venaient encore grossir les rangs.

Nous arrivâmes devant l'octroi à la tombée de la nuit. Ils criaient : « Une audience, une audience ! » Le garde sortit de sa casemate, suivi du prévôt. Éberlués, ils regardaient la foule massée devant la porte dont ils avaient la charge. Le prévôt donna un ordre au garde qui s'éclipsa aussitôt. Il criait « Silence ! Silence ! » sans résultat. Seule l'arrivée d'un bataillon, lances pointées en avant, lui permit enfin de parler.
– Que se passe-t-il ? Que voulez-vous ?
– Une audience pour Asiraa ! cria quelqu'un.
J'étais au pied de l'escalier. Il me reconnut.
– Encore toi ? Je t'ai dit d'attendre la réponse du roi. Si tu espères arranger tes affaires en mettant le chaos, tu te trompes.
Il continua, en s'adressant à la foule.
– La demande d'Asiraa a été transmise au roi. Il donnera sa réponse plus tard. En attendant, dispersez-vous ! Rentrez chez vous ou je fais donner la garde.
Il adressa un geste aux soldats. Ils firent un pas en avant, menaçant la foule de leurs lances. Les manifestants de devant reculèrent, bousculant les autres. Une femme cria :
– Non ! Il doit la recevoir maintenant.
Une autre ajouta :
– Nous n'avons pas peur de tes lances ! Nous ne partirons pas. Va dire au roi que nous sommes ici et que nous y resterons tant qu'il n'aura pas entendu la princesse Asiraa.
Des cris fusaient, approuvant l'injonction des femmes. Le prévôt hésita.

– Je vais en référer au rawateka. En attendant, rentrez chez vous. Quiconque s'approchera de la porte sera passé par les armes.

En dépit de ses menaces, la foule demeura sur la place. Les habitants les plus proches apportèrent à manger et à boire, puis certains vinrent avec leur instrument de musique, transformant l'émeute en une fête joyeuse. Ceux qui étaient près de moi ne tardèrent pas à me demander de leur chanter une chanson hattiante. À Hattiarina, je ne voulais jamais chanter parce que je n'aimais pas ma voix. Ce soir-là, portée par leur ferveur, je montai l'escalier menant à la porte et, de toute mon âme, je chantai dans un silence impressionnant le refrain à la gloire de la Grande Fédération des cités hattiantes. Théodossis et Enmerkar n'en revenaient pas.

§

Au petit matin, les artisans qui devaient aller travailler dans la citadelle affluèrent sur la place provoquant une cohue générale. Les charrettes ne pouvaient plus manœuvrer et des marchandises de toutes sortes s'entassaient n'importe où. Les artisans s'impatientaient. Paniqués, les gardes ne savaient plus s'il valait mieux les laisser passer, ou risquer l'émeute en respectant les consignes. Le prévôt revint.

– Cette porte est fermée sur mes ordres. Si vous avez un sauf-conduit pour entrer dans la citadelle, rendez-vous à l'une des deux autres portes.

Cette annonce déclencha une énorme confusion. Certains s'en prenaient à mes partisans, les sommant de décamper. D'autres s'en prenaient au prévôt, lui enjoignant d'ouvrir la porte. Mes partisans exigeaient la venue du roi en personne. La place devint une foire d'empoigne dont plus personne ne pouvait sortir à cause de l'enchevêtrement des carrioles. Les invectives fusaient, de plus en plus vives. Enmerkar et l'homme qui nous avait guidés d'auberge en auberge voulurent me mettre à l'abri. Au contraire, je rejoignis le prévôt en haut des marches. Je lui proposai de demander moi-même à mes partisans de se tenir en retrait pour laisser passer ceux qui avaient un sauf-conduit, et, en garantie, je m'engageai à accepter d'être arrêtée s'il y avait des incidents.

– Nous allons voir. Fais-les taire et laisse-moi parler.

Je fis signe à la foule de faire silence. Le prévôt prit la parole.

– Voici ce que j'ai décidé. Tous ceux qui n'ont rien à faire dans la citadelle vont s'écarter le plus possible pour que les autres puissent entrer. Nous vérifierons tous les sauf-conduits. Je veux du calme et de l'ordre. La princesse Asiraa restera ici pendant tout ce temps. À la moindre tentative de passage en force, je fais fermer les portes et je la mets aux arrêts.

J'ajoutai :

– Je suis venue au nom du peuple hattiante pour demander l'aide de votre armée, pas pour vous empêcher de travailler. Votre soutien est un honneur pour moi et pour tout le peuple hattiante. Je vous fais confiance et je suis sûre que, grâce à vous, je serai reçue par le roi.

En moins d'une heure, tous ceux qui en avaient le droit purent passer la porte. Ensuite, mes partisans réinvestirent la place.

Dans l'après-midi, les esprits recommencèrent à s'échauffer. La foule était de plus en plus bruyante et des cris comme « On veut voir le roi ! » ou « Une audience pour la princesse ! » fusaient à nouveau. Du côté du poste de garde, régnait une agitation fébrile. De temps en temps, le prévôt apparaissait en haut des marches. Nerveux, il parcourait la place du regard. Finalement, un garde descendit me chercher pour m'amener au prévôt.

– Le roi va te recevoir mais, d'abord, il faut que les gens évacuent la place. Dis-leur de rentrer chez eux. S'ils le font, je te conduirai au palais. Le roi veut que tu viennes seule.

J'étais sûre d'obtenir sans difficulté l'évacuation de la place. En revanche, je ne comprenais pas que le roi voulût me voir seule. Il n'était pas question qu'Enmerkar et Théodossis ne vinssent pas avec moi. Craignant des sanctions à son encontre, le prévôt refusa catégoriquement. J'insistai, arguant qu'en tant que délégation officielle nous ne pouvions en aucun cas être séparés. Il n'en démordait pas. Je finis par obtenir qu'Enmerkar pût m'accompagner, en lui jurant que je préciserais au roi que c'était contre sa volonté. J'eus beaucoup de mal à calmer Théodossis.

§

Le palais royal était d'un faste extraordinaire. On y entrait par un passage ouvrant sur une immense cour carrée bordée d'une colonnade et rafraîchie par quatre bassins alimentés en eau courante. Au fond de cette cour, un escalier monumental menait à l'étage. Là, on nous introduisit dans une salle d'audience lumineuse, meublée d'un trône richement décoré. Furumark entra, accompagné d'une personne qui lui parlait, lui rappelant sans doute l'objet de cette entrevue. Il l'écoutait en me regardant fixement. Je vis que, lui aussi, il avait les yeux bleus.

– Soit la bienvenue, reine des Hattiantes, et accepte mes excuses pour les tracasseries qui t'ont été infligées. On ne m'avait pas informé clairement du motif de ta venue.
– Tu me reçois maintenant et c'est un grand honneur dont je te sais gré. Mais sache que je ne suis pas reine. Mon nom est Asiraa. Je me présente devant toi en tant qu'Ambassadrice de la Grande Fédération des cités de Kephti. Je suis accompagnée d'Enmerkar qui représente la Matriarche de la cité de Payto à l'initiative de cette ambassade.
Furumark salua distraitement Enmerkar. Il me prit par la main pour me faire asseoir. Il s'assit en face de moi et, d'un geste, il invita Enmerkar à faire de même.
– Je sais que les Hattiantes n'ont pas de reine. J'avais toujours trouvé cela dommage et, te voyant, je vois que j'avais raison. D'ailleurs les Mycéniens ne s'y sont pas trompé non plus. Ton arrivée à Mycènes n'est pas passée inaperçue. Il paraît qu'on a frôlé l'émeute. Est-ce habituel pour les Hattiantes, de mettre un tel désordre en arrivant dans une cité étrangère ?
– À mon tour de te présenter mes excuses, Grand Roi. La détresse de notre peuple et l'urgence de le secourir ont pu me faire perdre le sens de la mesure.
– Ne t'excuse pas. Je comprends. Le peuple hattiante a bien de la chance de t'avoir comme… ambassadrice.
– Cet éloge me flatte.
– Venons-en au fait. Les rumeurs sur la disparition des Hattiantes semblent infondées. J'en suis heureux mais je suppose que tu n'es pas venue de si loin seulement pour me le faire savoir.

Pendant que j'exposai en détail les conséquences de l'explosion d'Hattiarina, je pus me rendre compte à quel point, sous des dehors hâbleur, Furumark avait une grande attention à ses affaires. Il m'interrompait souvent pour demander des précisions ou pour donner son point de vue. Lorsque je lui parlai de Kunisuu, il réagit.

– Avant l'explosion de votre île, leur chef Issessinak avait contacté des fabricants d'armes de Mycènes. Ils sont venus m'en informer parce qu'il ne leur inspirait pas confiance. Il n'avait visiblement aucune expérience militaire. Sur mes conseils, ils se sont abstenus de traiter avec lui.

Lorsque j'en vins à la bataille de Gortunjia et à son issue désastreuse, Furumark donna une instruction à son aide de camp puis il m'interrompit.

– Je comprends ce qui se passe et je vois où tu veux en venir. J'ai demandé que l'on fasse venir le rawateka des armées. Nous allons étudier comment nous pouvons vous aider. Je connais Kephti. C'est une terre magnifique et je ne laisserai pas Issessinak s'en emparer.

Il s'interrompit. L'air pensif, il me souriait.

– Tu m'impressionnes, Asiraa. Quel courage, après tout ce que tu as enduré. Et quelle audace de venir forcer ma porte pour demander de l'aide pour ton peuple ! C'est une femme comme toi que je voudrais pour reine.

– Pourquoi chercher si loin ? Je suis sûre que bien des Mycéniennes pourraient te satisfaire.

– L'idée d'une reine étrangère ne serait pas pour me déplaire.

– Alors viens au secours des Hattiantes. Tu rencontreras peut-être celle qui te convient.
– N'est-ce pas déjà fait ?
Sa désinvolture m'agaçait autant que ma difficulté à masquer mes élans.
Le chef des armées entra. D'une stature puissante, le cou large, la bouche tombante, il me toisa avec mépris avant de me saluer, le regard fuyant.
– Prend place, Iorgos. Voici Asiraa, ambassadrice de la Grande Fédération des cités hattiantes.
À ma surprise de l'exactitude de cette présentation, Furumark répondit par un regard moqueur qui, malgré moi, me fit sourire. Enmerkar s'en aperçut. Furumark résuma rapidement la situation à son rawateka avant de lui demander son avis sur les possibilités d'intervention de l'armée Mycénienne. Iorgos s'adressa au roi comme si nous n'étions pas là.
– Grâce à toi, grand roi, le royaume est en paix. Je pense que nous pourrions envisager de mobiliser une partie de notre armée pour une telle opération. Mais Kephti est loin. Cela sera très coûteux et…
Je l'interrompis, m'adressant, moi aussi, directement à Furumark.
– Nos greniers sont vides, tous les ateliers des cités de l'Est sont à l'arrêt. À Kamaljia et à Payto, les artisans ne peuvent pas produire suffisamment pour couvrir les besoins des habitants et des réfugiés. Je dois te le dire : nous ne pourrons pas te payer avant longtemps.

Furumark ne s'attendait pas à un propos aussi direct. Il marqua un temps avant de réagir.

– Soit ! Alors comment vais-je justifier auprès de mon peuple qu'on affaiblisse notre défense et qu'on aille risquer la vie nos soldats au-delà des mers ?

– Les Mycéniens ont beaucoup à y gagner. Les Hattiantes sont de meilleurs artisans et de meilleurs commerçants que vous. Ils fondent le meilleur bronze, ils tissent des étoffes dont la finesse est reconnue au-delà des mers, ils cultivent le safran et ils produisent la pourpre. Ils vous apprendront cela et ils amèneront vos marchands jusqu'en Égypte et à Sukypawu. Ton peuple s'enrichira en venant libérer Kephti.

Iorgos intervint.

– Ce ne sont que des promesses. Une fois Issessinak éliminé, les Hattiantes ne s'occuperont que d'eux-mêmes. Nous n'aurons plus qu'à rapatrier nos troupes et pleurer nos morts.

Je lui tendis le papyrus portant les sceaux des Matriarches.

– Tout le peuple hattiante sera reconnaissant envers les Mycéniens et vous avez l'engagement de la Grande Fédération. Nous tiendrons nos promesses.

– Si vous ne les tenez pas, nous n'aurons aucun moyen de vous y contraindre.

Il s'adressa à nouveau au roi.

– Les prises de guerre ne pourront jamais compenser les coûts d'une telle opération. Il nous faut plus. Je suggère que la Grande Fédération nous cède des territoires.

J'étais prise de court. Une telle demande était inacceptable mais je ne trouvais pas les mots pour l'écarter sans tout

compromettre. Enmerkar fulminait. Furumark attendait ma réaction. Le rawateka lui parla à l'oreille.
– Iorgos souhaite me parler en tête à tête.
Dès que nous fûmes seuls, Enmerkar me reprocha d'avoir trop vite révélé notre incapacité à le payer, de ne pas le consulter et, surtout, d'être tombée sous le charme de Furumark. Le roi revint seul. Il paraissait contrarié.
– Iorgos devait retourner à la réunion d'état-major dont je l'avais fait sortir. Il voulait me donner des précisions sur les risques d'un débarquement à Kephti.
L'absence de Iorgos me permit de reprendre un peu mes esprits, mais je ne comprenais pas ce qui s'était passé entre eux. Il poursuivit.
– Je ne me fais pas d'illusions : le peuple hattiante ne nous paiera jamais et je ne pourrai pas lui faire la guerre pour l'y obliger. Alors, plutôt que des territoires, voici ce que je demande : la Grande Fédération doit s'engager à nous permettre d'installer un comptoir de commerce à Kephti. Nous y construirons un port et des entrepôts et il nous servira de relai vers les cités hattiantes, Sukipawu et l'Égypte.
– Nous n'avons pas envisagé cette possibilité avant notre départ. Aujourd'hui, je ne peux donc pas te répondre au nom de la Grande Fédération mais en ce qui me concerne, je l'approuve. Elle permettra de rapprocher nos peuples et d'enrichir les Mycéniens. Je la présenterai à la Grande Fédération et je m'engage à obtenir l'accord des Matriarches.
Enmerkar intervint en hattiante. Il désapprouvait cet engagement fait sans concertation préalable avec les

Matriarches. Je ne voulais pas en discuter mais il insistait. Je dus lui intimer l'ordre de se taire et de ne plus me contredire devant Furumark.

– Je n'ai pas besoin de comprendre ta langue pour me rendre compte que cela ne sera pas aussi facile que tu le dis. Peu importe. Je te crois capable de convaincre les autres Matriarches et je suis sûr que le peuple mycénien y trouvera son compte. Mais moi, qu'aurai-je à gagner ?

– La gloire. À Mycènes, dans cent ans, on parlera encore de toi comme celui qui aura ouvert aux Achéens la voie vers Kephti et l'Égypte. À Kephti tu seras honoré comme le grand roi qui a libéré le peuple hattiante de la tyrannie.

– Et si ça tourne mal, je serai le roi qui a entraîné son armée dans une aventure désastreuse.

– C'est un risque, en effet. Mais tu sauras l'éviter. C'est pour cela que nous faisons appel à toi.

D'une moue dubitative, il me fit comprendre que j'en faisais trop.

– Même si j'ai confiance en toi, je n'engagerai pas l'armée mycénienne sur ta seule parole. Iorgos se rendra dès que possible à Kephti pour s'assurer de l'engagement des autres cités quant à l'installation d'un comptoir à Kephti. Si elles donnent leur accord, il préparera avec vous notre débarquement à Kephti.

L'audience s'était prolongée jusqu'au crépuscule. Furumark nous proposa, avant de repartir, de nous joindre au repas qu'il devait prendre avec quelques notables. Les affaires du royaume réglées, son caractère de séducteur reprit aussitôt le dessus.

Sous le regard noir d'Enmerkar, je passai tout le repas à rire des anecdotes truculentes dont il se délectait sur chacun de ses convives, ne manquant pas une occasion de poser sa main sur mon bras, et même sur mon genou.

§

Le voyage de retour à Kephti me parut interminable tant il me tardait de revoir Mélina. Sitôt débarqués, je me précipitai chez sa nourrice. Lorsqu'elle me vit, elle me tourna le dos en hurlant. Elle bouda un moment, refusant de me regarder quand j'essayai de l'approcher. Cette vengeance faite, elle finit par accepter mes embrassades avec tendresse.

Dès le lendemain, nous rendîmes compte de notre ambassade au conseil de Payto. Mère Nikilim se montra d'abord réticente à l'idée de garantir aux Mycéniens le droit d'établir un comptoir à Kephti. Elle y voyait une acceptation par avance de leur installation en terre Hattiante, avant même que nous eussions éliminé Issessinak. À ma grande surprise, Enmerkar fut le premier à défendre ma position, arguant qu'il valait mieux leur laisser un territoire bien délimité plutôt que de risquer de les voir s'installer où bon leur semblait sans notre contrôle. Certains membres du conseil furent sensibles à cet argument mais Mère Ninkilim restait sur sa position. J'intervins.

– Depuis la fondation hattiante, nous rejetons toute présence étrangère sur notre sol de peur que la guerre que nous avions fuie n'y revienne. Cette attitude ne nous a pas protégés. Rien n'oblige les Mycéniens à venir nous aider. S'ils le font, allons-nous les traiter comme des ennemis ? Les habitants de Mycènes m'ont soutenue. Le roi lui-même m'a fait part de sa volonté de ne pas laisser Kephti tomber sous la coupe du tyran. Croyez-vous qu'il nous ferons la guerre pour nous envahir ? Au contraire, je suis convaincue que ce port de commerce sera la continuation de l'élan qui les anime aujourd'hui.

– Une fois la tyrannie vaincue, une tâche immense nous attendra pour relever les cités de l'Est. Nos populations sont déjà très affaiblies par les restrictions et les maladies. La coopération des Mycéniens ne sera pas de trop et, en s'associant avec leurs commerçants, nous relancerons notre propre commerce plus rapidement.

Finalement, après un long débat, Mère Ninkilim clôtura le conseil sans avoir changé d'avis.

– J'ai besoin d'un peu de temps. Je rendrai ma décision d'ici quelques jours. En attendant, je charge Enmerkar d'organiser sans retard une mission à Kamaljia pour aller recueillir l'avis des trois autres cités libres.

En sortant, j'interrogeai Enmerkar sur son revirement. Il m'avoua avoir réfléchi pendant le retour de Mycènes et s'être rendu compte à quel point ce que nous avions obtenu était inespéré.

§

Deux jours plus tard, alors que la mission à Kamaljia venait seulement de partir, nous eûmes la surprise de voir deux bateaux mycéniens accoster à Kommo. Mère Ninkilim me convoqua à la Maison Centrale.

– Comment se fait-il qu'ils débarquent déjà ? Où en est-on pour Kamaljia ?

— La mission est en route. Elle sera de retour d'ici quatre ou cinq jours car elle doit passer par la route de l'Est pour éviter Kunisuu.

— Décidément, la cohabitation avec les Mycéniens me semble très hasardeuse. Je ne sais toujours pas quoi décider mais ils nous forcent la main. Ne nous montrons pas hésitants. Tu diras à Iorgos que je suis d'accord et que nous aurons bientôt la confirmation des autres cités. Cela nous fera gagner du temps.

Égal à lui-même, sans aucune politesse préalable, Iorgos installa son campement sur le rivage. Au lieu de nous interroger sur la décision de la Grande Fédération, il demanda immédiatement que nous lui présentions les configurations géographiques et la situation des différentes cités, se plaignant que nous n'eussions pas préparé de plans avant son arrivée. Je lui fis ceux des alentours et des principales rues de Kamaljia et de Kunisuu. En revanche, je ne connaissais pas Opsjia. Bien qu'elle représentât une difficulté au moins aussi importante que Kunisuu, nous dûmes nous contenter des indications sommaires d'un commerçant qui s'y rendait régulièrement. Pendant de longues heures, nous reportâmes sur les plans toutes les distances ainsi qu'une estimation des populations dans les différents quartiers. Trois emplacements furent choisis pour le débarquement de l'armée mycénienne : un au sud, sur la grande plage où aboutit la plaine de la Mesaraa, et deux sur la côte Nord. Le but était de prendre Opsjia et Kunisuu en tenaille entre le contingent mycénien renforcé par notre propre armée et les deux autres contingents mycéniens attaquant au nord. Iorgos estima entre deux et trois mois le temps nécessaire pour mobiliser ces moyens. Une éternité.

Le lendemain, il voulut inspecter les ateliers et les magasins d'armements, puis passer en revue un contingent de notre armée. Comme il ne s'enquérait toujours pas de la position des Matriarches sur l'installation du comptoir mycénien, je pris les devants en l'informant de celle de Mère Ninkilim. Après un temps de réflexion, il dit :

– Si je me souviens bien, il devait y avoir aussi la réponse d'autres cités. Qu'en est-il ?

– Nous avons envoyé des émissaires à Kamaljia pour avoir l'aval des trois autres Matriarches. Nous aurons la réponse dans quatre jours, cinq au plus.

Il s'emporta, affirmant qu'il devait repartir dès le lendemain, et nous reprochant à nouveau notre manque de préparation. Je craignais qu'il ne reportât ou même qu'il n'annulât l'opération.

– Pour éviter Kunisuu, les émissaires ont dû passer par une route difficile et plus longue. Mais nous sommes certains de leur accord. Nous nous en portons garants.

Je m'attendais à ce qu'il balayât cette garantie d'un revers de main. Il se contenta de dire

– De toute façon, ce n'est pas de mon ressort. Je dirai au roi ce qu'il en est et il décidera.

C'était surprenant mais cela me suffisait. J'étais certaine de la décision de Furumark.

Deux jours après le départ de Iorgos, la délégation menée par Enmerkar revint de Kamaljia avec l'accord des trois Matriarches. Comme nous, Mère Nanshe avait mis en priorité le rétablissement de la paix et de la liberté. Concernant l'installation d'un comptoir mycénien, elle se montra même plus favorable que Mère Ninkilim, y voyant des avantages pour la prospérité de Kephti.

Tout était en place. Le sentiment que le sort d'Issessinak était scellé me procurait une grande satisfaction, presque de la joie. Sachant les heures noires à venir, c'était un sentiment indigne mais la perspective de voir vengées les souffrances subies par les filles de Kunisuu, par Ninissina – et par moi – était la plus forte.

§

LA TRAQUE

Ninlil fut la première à les apercevoir depuis la terrasse de la maison où nous profitions de la douceur de la fin d'après-midi.
– Là-bas ! Regardez tous les bateaux sur la mer.
Enlacée à Théodossis, je regardais au travers de mes larmes ces petits points qui grossissaient insensiblement à l'horizon. Nous n'avions pas besoin de reconnaître leurs voiles pour savoir d'où ils venaient. Au vu du nombre de navires, il devait y avoir entre deux et trois mille hommes. C'était beaucoup plus que prévu. Les débarquements principaux devaient avoir lieu sur la côte Nord tandis que, de notre côté, nous n'attendions qu'un renfort pour notre propre armée.
La flotte mit en panne au large, laissant le bateau de commandement poursuivre jusqu'au rivage. J'espérais voir Furumark en débarquer. Ce fut Iorgos. L'air fermé, écourtant les politesses, il s'enquit abruptement de l'emplacement que nous avions prévu pour leur installation. Le soupçonnant de vouloir nous cantonner à un rôle secondaire, j'exigeai des explications sur la raison d'une telle force armée sur notre côte. Malheureusement, il ne s'agissait pas d'une ruse. Dès son retour à Mycènes, le rawateka avait envoyé des observateurs autour de

Kunisuu et de son alliée Opsjia. Deux semaines avant son départ, il avait ainsi appris que, comme Mère Nanshe le redoutait, Issessinak avait attaqué Kamaljia. N'ayant pas réussi à la prendre, il l'avait encerclée et, maintenant, il l'assiégeait. Au passage, il s'était emparé de la petite cité de Turusa de telle sorte qu'il contrôlait désormais l'accès aux rivages du Nord. Débarquer aux deux endroits initialement prévus eut été suicidaire. Iorgos et Furumark avaient alors décidé que le roi débarquerait en un seul endroit, beaucoup plus à l'ouest.

Toute notre stratégie était à revoir. D'une part l'installation de Iorgos allait prendre plus de temps alors qu'il fallait à tout prix prendre Issessinak de court, et d'autre part nous ne pouvions plus compter sur les forces de Kamaljia désormais assiégée. Une semaine plus tard, les troupes de Iorgos et notre propre armée montèrent enfin à l'attaque. Deux divisions mycéniennes accompagnées d'un bataillon hattiante partirent vers Opsjia, pendant qu'une division composée à égalité de soldats hattiantes et mycéniens marchaient vers Gortunjia, en vue de la reprendre avant de remonter vers Turusa et Kunisuu. Désireux de prendre sa revanche de la défaite de Gortunjia, Théodossis partit avec eux. Quant à moi, si j'avais accepté de ne pas m'exposer directement au combat, je ne pouvais pas imaginer rester à Dawo, attendant seulement que l'on m'informât de la chute du tyran. Je voulais m'engager dans la lutte pour laquelle j'avais déjà tant œuvré. Je décidai alors de former une équipe de secours pour suivre les armées sur le terrain. Mon rôle de mère m'empêchait peut-être de combattre mais certainement pas de secourir ceux qui risquaient leur vie pour notre liberté. Avec quelques volontaires, nous collectâmes des décoctions d'eucalyptus et des onguents de safran, ainsi que tout ce qui pouvait servir à recoudre, couper, nettoyer et faire des attelles. Une fois ce matériel chargé sur Waspi, nous partîmes à Gortunjia, où se déroulait la première bataille.

Lorsque nous arrivâmes sur place, nos soldats était déjà entrés dans la cité. Le commandant de l'opération avait investi une maison pour y installer son quartier général. Affalé dans un divan, l'épée encore en main, il écouta mes explications, le regard dans le vague.

– Tu es pleine de bonnes intentions, Asiraa, mais tu es inconsciente. Là où tu veux aller, il n'y a plus aucun être humain à secourir. Il n'y a que des bêtes sauvages qui s'entre-tuent, animées seulement par la haine et la soif de vengeance. Crois-moi : oublie ton idée généreuse, retourne à Dawo et attends que nous finissions notre travail.

Pendant que je lui faisais comprendre qu'il n'en était pas question, il se fit servir une coupe de vin.

– Comme tu voudras. Mais je te préviens, je ne risquerai pas la vie de mes hommes pour aller à ton secours.

Il m'indiqua un endroit où la bataille faisait rage. Sur une place, une vingtaine de soldats de notre camp affrontaient ceux d'Issessinak retranchés dans les ruelles adjacentes. Il avait dit vrai : mêlés au fracas des armes, les rugissements qu'on entendait n'étaient pas humains. À nos pieds, des cadavres, des membres déchiquetés, des hommes agonisants. Cela sentait le sang, la viande, les excréments. Plusieurs d'entre nous vomirent. Le claquement d'une flèche se fichant dans une porte près de la tête d'une jeune femme nous sortit de notre stupeur. Nous nous précipitâmes dans une échoppe abandonnée. Une deuxième flèche blessa Waspi que nous n'arrivions pas à faire entrer. Une fois à l'abri, nous nous organisâmes. Des tapis et des rideaux trouvés à l'étage pour faire des couches, des grands plats en bronze entassés au fond de l'échoppe pour nous protéger en allant chercher les blessés et les tirer à couvert, un tison mis au feu pour cautériser les plaies. Les combattants comprirent rapidement ce que nous faisions et les blessés qui pouvaient marcher venaient d'eux-mêmes. Bientôt, notre infirmerie déborda dans les maisons avoisinantes.

Nous étions fiers de secourir nos soldats, mais c'était une mission ingrate. Ceux qui se rétablissaient repartaient au combat dès qu'ils se sentaient suffisamment vaillants, et, malgré tout ce que nous faisions, des hommes jeunes partaient dans nos bras, dans de terribles souffrances. Chacun s'acharnait à sa tâche, évitant de penser et feignant de ne pas voir ceux qui, au bord du découragement, allaient pleurer en cachette.

Après trois semaines de combats, au prix de beaucoup de destructions et de vies perdues, la bataille de Gortunjia se termina par la défaite de l'armée ennemie. Depuis un an, Issessinak ne cessait de gagner du terrain. Pour la première fois, nous le forcions à faire un pas en arrière et nous lui montrions que son armée n'était pas invincible. Le commandant plaça une garnison au nord pour prévenir toute tentative de retour des troupes ennemies, puis il nomma un de ses hommes gouverneur de la petite cité pour en assurer la sécurité. J'eus préféré un Hattiante, mais les évènements s'enchaînaient dans la précipitation et l'heure n'était pas aux discussions. Avant de partir avec ses troupes pour rejoindre celles de Furumark, il vint en personne dans notre dispensaire pour s'emparer des soldats ennemis que nous avions soignés. Même s'ils avaient trahi, ils restaient des Hattiantes qui avaient le droit d'être jugés selon nos lois. Comme je protestai, il se contenta de me rappeler que je pouvais encore les acheter avant qu'il ne les expédiât à Mycènes pour les vendre sur le marché des esclaves. Comme si cela ne suffisait pas, Théodossis vint le même jour m'annoncer qu'il partait continuer à combattre à Turusa.

§

Après avoir débarqué sur les plages du Nord, Furumark avait pris position devant Opsjia. Espérant l'y retrouver j'y emmenai notre équipe de secours. Lorsque nous arrivâmes sur place, les troupes ennemies étaient massées à l'extérieur de la cité, face aux troupes Mycéniennes au nord et au sud. Les combats n'étaient pas engagés. Furumark attendait le retour des contingents qu'il avait envoyés à Turusa. Dès qu'il apprit que j'étais là, il vint au dispensaire. À la tête de ses troupes sur le champ de bataille, il était dans son élément. Détendu, il affichait une confiance rassurante. Il nous aida à installer notre unité de secours, en nous fournissant des tentes, des lits et du matériel de cuisine, et en réquisitionnant des cantinières.

La situation resta figée pendant une quinzaine de jours, les armées campant face à face à un peu plus d'un jet de flèche. Le roi m'invitait souvent aux soupers qu'il prenait avec son état-major. La fraternité qui unissait ces soldats et leur volonté de faire fi des dangers et des horreurs de leur quotidien faisaient que ces soirées étaient joyeuses. On n'y entendait que plaisanteries, chants et éclats de rire. Le temps d'un repas, ils oubliaient ce qui se passait sur le champ de bataille pour redevenir des êtres humains. Un soir, j'étais restée après le départ des officiers pour parler à Furumark du sort des soldats ennemis. Il me confirma qu'il ne pouvait ni ne voulait rien faire. Les généraux tiraient une grande partie de leurs revenus de la vente des soldats vaincus. Les en priver l'eut discrédité. Je m'attendais à cette réaction, mais je voulais essayer.

Il n'y avait plus personne avec nous. Il m'entraîna dehors sur une hauteur dominant la vallée. En face de nous, éclairée par la lune, l'énorme masse du mont Psilowitis se découpait sur le ciel noir. Il me parla alors de la raison pour laquelle il avait accédé à notre demande d'aide. Il imaginait ce qu'il appelait un empire, réunissant les Achéens et les Hattiantes, englobant les territoires de Mycènes et d'Argos ainsi que toutes les îles, de l'extrême nord jusqu'à Kephti. Et il voulait le créer avec moi. Il me voyait diffuser l'esprit et les savoirs du peuple hattiante dans tout l'empire, pendant que lui en eût assuré la sécurité et l'extension vers d'autres territoires. Tel qu'il le décrivait, cela paraissait si simple qu'on ne pouvait qu'y croire. J'étais convaincue qu'il en était réellement capable. Que nous en étions capables, même sans que je devinsse sa reine.

Il cessa de parler. On n'entendait plus que le crissement entêtant d'un insecte. Prise par la fraîcheur de la nuit, je m'étais recroquevillée sur moi-même. Il passa son bras autour de mon épaule pour me faire profiter de sa chaleur. Il se pencha pour m'embrasser. L'instant d'attente du contact de ses lèvres sur les miennes suffit à enflammer mon désir. Je m'abandonnai avec volupté à ce baiser puis aux caresses de plus en plus intimes qui l'accompagnaient, jusqu'à ce que sa respiration qui s'amplifiait me fît soudainement prendre conscience de ce que j'étais en train de faire. Mon ivresse retomba mais je n'avais plus la force d'échapper à la sienne. Je le laissai avec délice atteindre son extase. Après, il dit : « Ce sera mieux la prochaine fois ». Pour moi, il ne pouvait être question d'une prochaine fois même si, en dépit des remords qui m'assaillaient déjà, j'avais aimé faire l'amour avec lui cette nuit-là.

§

Un messager vint finalement annoncer la victoire à Turusa. Deux divisions étaient en route pour venir en renfort sur Opsjia. L'ennemi réagit immédiatement en engageant le combat avant leur arrivée, déclenchant la plus grande bataille de cette guerre fratricide. Elle dura quatre mois pendant lesquels, jour et nuit, nous avons réparé, recousu, amputé, chassé à coups de pied les corbeaux venus manger dans les plaies et, trop souvent, accompagné des hommes dans leur agonie. Quatre mois au cours desquels je dus, moi aussi, abandonner mon humanité. Je n'éprouvais plus rien. Je ne sentais même plus l'odeur de sang et de charogne. Dès que je pouvais, j'allais me cacher dans un réduit du dispensaire pour parler à Théodossis et à Mélina, en m'accrochant à l'espoir que nous serions bientôt réunis. La guerre m'avait toujours intriguée par le don de soi et le courage qu'elle était censée susciter. Je n'imaginais pas que la réalité fût une telle horreur. Issessinak avait réveillé le pire de l'âme humaine dans les deux camps. Même chez moi, il avait réussi à faire monter une haine et une envie de tuer qui me faisait honte.

La bataille tourna à notre avantage. Elle se termina par plusieurs jours de combats acharnés autour de la Maison Centrale où était retranchée Mère Lu-Namhani. Les soldats tentèrent de la capturer, mais elle se débattit comme une furie et, dans la confusion, elle reçut un coup mortel. Cet évènement précipita la reddition du peu de soldats qui continuaient à résister. Pendant quelques heures, la cité resta inerte, dévorée par les dizaines d'incendies déclenchés sur ordre de la Matriarche dans les quartiers que ses troupes abandonnaient. Puis, les habitants ressortirent des sous-sols des maisons. Éperdus, ils ne comprenaient pas ce qui leur arrivait. Après avoir subi l'oppression de leurs propres gouvernants, ils se voyaient envahis par une armée étrangère. Nous avions du mal à les convaincre de nos bonnes intentions, certains nous reprochant même d'avoir causé la destruction de leur cité.

Le pire concernait les enfants. Il y en avait partout, errant dans les rues à la recherche de leurs parents et de nourriture, ou terrés dans des recoins pour tenter d'échapper à la folie des adultes. La bataille avait été gagnée mais que restait-il de la grande cité ? Des ruines calcinées, des familles désemparées, des enfants perdus et affamés. Tout cela à cause de la soif de pouvoir d'un seul homme.

Un jour, on m'avait amené des jumeaux de trois ou quatre ans trouvés dans les décombres d'une maison incendiée. Protégés par un enchevêtrement de poutres, ils avaient échappé à la mort, mais pas leurs parents. Accrochés l'un à l'autre, mutiques, ils refusaient de manger. Le plus hardi des deux commençait tout juste à accepter mes cuillerées de bouillie quand un homme apparut dans l'embrasure de la porte. À cause des combats, même pour ses jours de repos, Théodossis n'avait jamais pu me rejoindre au dispensaire. Je ne l'avais pas revu depuis son départ de Gortunjia. Dans le contre-jour, je voyais scintiller ses boucles. Laissant la cuiller de bouillie dans la bouche du petit, je me jetai sur lui, manquant de le faire tomber à la renverse. Ce ne fut qu'en voyant le jumeau en larmes, la cuiller de bouillie toujours dans la bouche, que je me résignai à libérer Théodossis de mon étreinte.

Le roi resta à Opsjia, le temps de remettre ses troupes en ordre de combat avant de marcher sur Kunisuu. Je lui avais clairement fait comprendre que, malgré mes sentiments pour lui, il n'était pas question que nous refassions l'amour. Malgré cela, il ne manquait pas une occasion de revenir à la charge et de continuer à me demander de devenir sa reine. Cette cour flatteuse ne me déplaisait pas, mais il continua à venir au dispensaire malgré la présence de Théodossis. Crispé, Théodossis restait sur ses gardes, me faisant une scène à chaque fois qu'il croyait avoir surpris un geste ou un mot suspect. Furumark, quant à lui, esquivait prudemment toute situation dont il sentait qu'elle pût s'envenimer. En réalité, à part le comportement de séducteur que Théodossis ne supportait pas chez Furumark, ils avaient beaucoup de traits communs. Un jour, le roi vint alors que j'étais absente. À mon retour, je les surpris en pleine discussion sur les tactiques à appliquer pour l'attaque de Kunisuu. Malheureusement, à mon arrivée, ils cessèrent leur discussion. Le départ de Furumark avec son armée pour aller prendre position à Kunisuu fut tout de même un soulagement. Nous restâmes à Opsjia, le temps de placer les derniers orphelins et de pouvoir passer quelques jours seuls.

§

J'étais impatiente de partir à Kunisuu où la bataille que j'attendais depuis presque deux ans allait enfin se livrer. Le roi s'était tenu informé au jour le jour des mouvements de troupes ennemies autour de Kamaljia, attendant de voir si, comme il l'espérait, Issessinak dégarnirait son siège pour renforcer sa défense à Kunisuu. Cela ne fut pas le cas. Au contraire, le tyran envoya des renforts sur Kamaljia, puis, rompant le siège, il passa à l'attaque. Malgré une vaillante résistance des forces de Mère Nanshe, il réussit à entrer dans la cité et à s'y imposer. Au lieu de concentrer ses forces sur Kunisuu en délaissant Kamaljia, il s'était rendu maître des deux cités. Bien que Furumark m'affirmât que cela ne changeait rien, je recommençais à désespérer de voir un jour dans les yeux du tyran la fureur de l'humiliation.

Le roi lança l'attaque sur Kunisuu dès qu'il eut la confirmation que les contingents revenus d'Opsjia et de Turusa étaient en position de combat. Contre toute attente, la bataille progressa facilement. Peu nombreux, les combattants ennemis opposaient une résistance médiocre. Ils se contentaient de retarder nos troupes le plus possible en déclenchant des incendies dans les quartiers qu'ils perdaient. Comme à Opsjia, selon un plan préparé à l'avance ils avaient disposé dans les rues de grandes jarres d'huile qu'ils brisaient en y mettant le feu avant de se replier. Malgré cela, Kunisuu fut libérée en seulement deux semaines.

La Maison Centrale était vide, manifestement désertée depuis longtemps. Mère Nunbarshe et sa gouvernante furent retrouvées dans une petite masure accolée au bâtiment principal. Cette victoire facile avait une raison : il n'y avait plus rien à défendre à Kunisuu. Issessinak n'était plus là. Un soldat de sa garde personnelle interrogé par les Mycéniens confirma qu'il était parti à Kamaljia bien avant l'arrivée de l'armée mycénienne. La tactique des incendies n'avait pour but que de nous retarder pour lui laisser le temps de s'organiser. Se sachant traqué, il se préparait à chaque fois une issue. J'avais l'impression de chercher à prendre une anguille et je me rendais compte qu'il pouvait nous échapper et ne jamais payer ses crimes.

Avec le gros des troupes ennemies retranchées à l'intérieur de Kamaljia, Furumark estima qu'une attaque directe n'était plus envisageable. Il craignait que le prix à payer pour la victoire ne fût trop élevé, tant pour nos armées que pour la cité elle-même. Il était convaincu qu'Issessinak n'hésiterait pas à combattre jusqu'au bout, quitte à entraîner son armée et la cité entière dans sa propre perte. Il décida alors d'assiéger la cité. Les habitants allaient continuer à endurer les privations qu'ils subissaient déjà depuis des mois, mais il était convaincu que les troupes ennemies, épuisées et à bout de ressources, finiraient par se rendre sans combattre.

Sachant que le siège allait durer, le roi nous suggéra de rentrer à Dawo. Mélina me manquait beaucoup. Nous étions à quelques jours de son deuxième anniversaire et, bien sûr, j'aurais voulu le lui fêter. Mais je voulais à tout prix être présente lors de la prise d'Issessinak. Avec Théodossis, qui avait, lui aussi, une dette à faire payer au tyran, j'emmenai notre équipe sanitaire à Kamaljia peu après le départ du roi. En y arrivant, nous eûmes la surprise d'être arrêtés par un profond fossé hérissé de pieux qui rendait les abords de la cité méconnaissables. Issessinak s'était replié à Kamaljia sans doute parce que le terrain rocheux sur lequel Kunisuu était bâtie ne lui eût pas permis de faire creuser une telle fortification.

Le roi passait tout son temps dans les garnisons réparties autour de la cité. Bien que Théodossis fût retourné dans son contingent, il ne vint me voir qu'une seule fois, vers la fin du troisième mois. Pâle, les traits tirés, il paraissait fatigué. Alors que je l'avais laissé seul le temps de donner des instructions pour pouvoir me libérer, en revenant, je le trouvai profondément endormi sur un brancard. À son réveil, je lui fis part de mon inquiétude sur son état. Il se contenta de prétendre avoir très peu dormi depuis plusieurs jours. Comme j'insistai, il rétorqua :
– Ne t'inquiète pas je vais bientôt pouvoir me reposer. Issessinak ne tiendra plus longtemps. Son absurde tentative de se barricader montre qu'il était aux abois lorsqu'il a quitté Kunisuu. Il n'a plus aucune chance de s'en sortir. Il est pris dans la nasse qu'il a lui-même construite et son fossé ne nous empêchera pas de passer.

Deux semaines plus tard, dans un dernier sursaut, l'armée ennemie tenta une sortie dans toutes les directions à la fois. Épuisés, ses soldats ne purent soutenir les contre-attaques des

Mycéniens et des Hattiantes. La plupart se rendirent presque sans combattre, les autres battirent en retraite, retournant dans la cité. Nos soldats y entrèrent et mirent hors de combat les dernières résistances. Kamaljia fut libérée avec peu de pertes et sans destructions mais au prix de souffrances indescriptibles pour ses habitants et pour les réfugiés pris au piège avec eux. Des cadavres pourrissaient dans les rues et dans les maisons, répandant une odeur pestilentielle. En haillons, les survivants étaient d'une maigreur que je n'aurais jamais cru possible. Les plus valides erraient, fouillant les moindres recoins à la recherche de nourriture. Les autres, assis ou couchés par terre, nous regardaient passer sans réaction. Cette fois encore, les enfants furent les premières victimes de cette horreur. Comment oublier leurs yeux rendus trop grands par leur cachexie qui nous demandaient : « Pourquoi nous faites-vous cela ? » ?

Furumark me fit venir à la Maison Centrale. Lorsque ses soldats y étaient entrés, aucune défense ne la gardait et, à l'intérieur, il n'y avait plus que Mère Nanshe et sa suivante. Squelettique, au bout de l'épuisement, la Matriarche était alitée. Je me précipitai à son chevet. Ce fut elle qui me consola :

– C'est fini, Asiraa. Ne pleure pas. Nous allons remettre notre cité debout et oublier ce cauchemar.

Elle nous apprit qu'Issessinak et son entourage avaient disparu plus d'une semaine auparavant. La rumeur de sa fuite avait provoqué la désertion de beaucoup de ses soldats. En rage, je demandai au roi d'envoyer un détachement à ses trousses.

– Kamaljia est entièrement encerclée. Il est encore dans la cité et il n'en sortira pas. Toutes les allées et venues sont contrôlées. Nous le retrouverons et je te le livrerai.

Lorsque je fis part de cette situation à Théodossis, il réagit comme moi :

– Nous ne pouvons pas attendre sans rien faire. Il va se terrer en attendant que les Mycéniens partent. Après, il trouvera un moyen de quitter la cité et de disparaître.

Il marchait en long et en large en marmonnant.

– Je vais enquêter dans la cité. Il doit avoir des complices. Je finirai bien par repérer quelque chose.

§

Avec une volonté impressionnante, Mère Nanshe retrouva en quelques jours assez de forces pour reprendre sa cité en mains. Elle me demanda de l'assister, le temps de trouver le successeur de son Intendant Général, tué lors de la prise de la Maison Centrale par l'ennemi. Le roi mobilisa son armée pour acheminer des vivres des autres cités et faire travailler les soldats vaincus. Comme Opsjia et Kunisuu, Kamaljia revint à la vie, pressée d'oublier les heures sombres. Mais les jours passaient et Issessinak restait introuvable. Théodossis ne progressait pas et, du côté du quartier général mycénien où je me rendais régulièrement, on me demandait toujours d'être patiente en m'assurant qu'on finirait par le débusquer. Finalement, excédée, j'exigeai de parler à Furumark en personne. On m'apprit alors qu'il était à Dawrometo depuis une semaine pour organiser le départ de ses troupes. À son retour, je lui fis part de mes doutes sur l'entrain des Mycéniens pour arrêter Issessinak, déplorant que Théodossis eût été obligé de partir enquêter de son côté. Il prit très mal ma suspicion, et encore plus le fait que Théodossis agît en franc-tireur. La discussion qui s'en suivit fut si vive qu'il dut s'asseoir pour reprendre ses esprits. Le visage fermé, il était blême.

– Pardonne-moi, lui dis-je, je me suis emportée parce que j'ai peur qu'Issessinak nous échappe. Il a trahi le peuple hattiante. Nous ne pourrons revivre en paix qu'après l'avoir arrêté et jugé.

La tête penchée, il me regardait par en dessous.

– Qu'en ferez-vous ? On dit que vous ne condamnez pas à mort.

– Rien ne nous interdit de le faire. Nous pouvons attenter à la vie si cela est nécessaire. Ses juges décideront si c'est le cas ou non.

– Et toi, qu'en penses-tu ?

– Pour moi, le bannissement ne garantirait pas notre sécurité et, surtout, il ne nous permettrait pas d'oublier ce que l'un d'entre nous a fait subir au peuple hattiante. Je pense qu'il sera nécessaire de le mettre à mort.

Il donna un ordre à son aide de camp qui quitta aussitôt la pièce. Après de longues minutes d'attente sans un mot, un officier entra.

– Je te présente Aktoras. Il dirige le détachement qui traque Issessinak. Aktoras, voici Asiraa, future reine des Hattiantes. À partir d'aujourd'hui, c'est auprès d'elle que tu prendras tes ordres et c'est à elle que tu rapporteras.

Aktoras se tourna vers moi et il inclina la tête en signe d'acquiescement. Le roi reprit.

– – Je reconnais que j'ai négligé l'importance de cette arrestation pour les Hattiantes. Il vaut mieux que ce soit vous qui vous en chargiez. Le sort d'Issessinak est maintenant entre tes mains, dit le roi.

§

Aktoras avait dispersé des informateurs dans toute la cité espérant obtenir une information qui trahît la présence du fugitif. Cependant les habitants se méfiaient de ces mycéniens dont ils ne comprenaient pas la présence dans leurs quartiers. Il fallait utiliser des informateurs hattiantes. Avec l'aide de mère Nanshe, nous en réunîmes suffisamment pour qu'aucun quartier ne nous échappât. Un mois plus tard, cette tactique porta ses fruits. Un informateur rapporta qu'un pêcheur, connu pour sa fréquentation assidue des tavernes, était en train de remettre en état son bateau qui croupissait au fond du port. Lorsqu'on l'interrogeait sur les raisons de son regain d'intérêt pour la navigation, il prétendait avoir décidé d'aller refaire sa vie au pays de Lukka. Qu'Issessinak eût choisi à la fois cette destination et ce marin désœuvré pour organiser sa fuite était plus que vraisemblable. Nous renforçâmes notre équipe d'informateurs au port et Théodossis se chargea d'entrer en contact avec le marin.

Même avant que la boisson ne diminuât ses facultés, le pêcheur n'avait la réputation ni d'un bon marin ni d'un homme très courageux. Théodossis se mit alors à raconter à qui voulait l'entendre les terribles périls de navigation qu'il avait affrontés au cours de ses nombreuses – et imaginaires – traversées vers Lukka. Ses descriptions de chaussées de récifs parcourues de violents courants et sur lesquelles les vagues se brisaient en gerbes d'écume eurent l'effet escompté. Un soir où il soupait seul dans une auberge, l'homme l'aborda. Il venait prendre des conseils pour le passage des récifs.

– C'est une navigation difficile. Plusieurs fois, j'ai cru ma dernière heure venue. Seul, tu risques d'avoir vraiment du mal.

– Je ne serai pas seul. Un riche marchand m'a demandé de l'emmener là-bas pour son commerce. Il me paye bien.

– Ce n'est pas un marin. Il ne te sera d'aucune aide pour la navigation. Emporte des rames. Il saura peut-être s'en servir pour lutter contre les courants. Et dis-lui bien d'embarquer le moins possible de marchandises. Si ton bateau est trop chargé, tu ne passeras pas.

– Je ne crois pas qu'il ait beaucoup de choses à emporter. Mais tu as raison, je vais m'en assurer.

– Veille aussi à ne pas arriver de nuit. Seul à la manœuvre, il faut que tu y voies bien.

– Le marchand veut une discrétion absolue. Il m'a demandé de partir et d'arriver de nuit.

– Aïe ! Dans ce cas, ne tarde pas. Le temps est calme en ce moment et c'est bientôt la pleine lune. Profite-s-en.

– C'est ce que j'avais prévu. Je pars dans deux jours, juste avant l'aube.

– Tu as mis toutes les chances de ton côté. Je te souhaite bon vent.

– Surtout, n'en parle à personne.

– Bien sûr, ne t'inquiète pas.

Nous contactâmes aussitôt le chef des entrepôts pour organiser notre piège. La veille du départ, Aktoras posta ses hommes dans le bâtiment bordant le quai. Pour prévenir toute fuite du côté de l'eau, Théodossis et un soldat se cachèrent dans une barque amarrée près du bateau du marin. Aktoras et moi, nous nous installâmes dans un minuscule comptoir, juste en face du bateau.

Petit à petit, les marins et les débardeurs désertèrent les quais. La nuit tomba. Par la fenêtre, je ne voyais que les étoiles dans un ciel noir d'encre. Les yeux écarquillés, je fouillais l'obscurité à la recherche du moindre mouvement. Une bagarre de chats me fit sursauter.

– Ne t'impatiente pas, il va venir, chuchota Aktoras.

Une heure plus tard, le marin arriva. La lune éclairait déjà suffisamment pour que nous puissions le voir s'affairer sur le pont, puis disparaître dans la cale. De nouveau, à part les rats qui allaient et venaient, le quai était désert. Et si c'était un leurre ? Pendant que nous faisions le guet devant ce bateau, Issessinak était peut-être en train de quitter tranquillement la cité par la route. Il était assez malin pour avoir organisé une fausse piste.

Les heures passèrent. La pleine lune éclairait maintenant tout le quai. Soudain, l'apparition de deux hommes sortis de nulle part nous mit en alerte mais leurs vociférations nous firent plutôt craindre qu'ils ne fissent échouer l'opération. Ces marins ivres disparurent comme ils étaient venus et l'interminable attente reprit. Je commençais à somnoler lorsqu'Aktoras me prit le bras.

– Le voilà !

Une silhouette émergeait de l'ombre au bout du quai. Retenant mon souffle, guettant le moindre signe d'hésitation, je décomptais les coudées qui lui restaient à parcourir. Lorsqu'il arriva à la hauteur du bateau, le marin sortit de sa cale et monta sur le quai. Ils parlèrent quelques instants puis ils s'engagèrent sur la passerelle. Aktoras porta son sifflet à la bouche pour déclencher l'assaut mais Issessinak s'arrêta. Je crus que mon cœur allait sortir de ma poitrine. Lentement, il fit demi-tour et retourna sur le quai.
– Que fait-il ? chuchota Aktoras.
Depuis la passerelle, le marin ne réagissait pas. Issessinak resta immobile quelques quelques instants puis, subitement, il se rua vers une des portes de l'entrepôt.
– Bon sang ! Il a flairé quelque chose. Il ne faut pas qu'il ressorte.
Aktoras se précipita à l'intérieur du bâtiment hurlant à ses hommes de bloquer les issues. Théodossis et le soldat qui était avec lui montèrent sur le quai pour neutraliser le complice d'Issessinak. En sortant pour aller les rejoindre, une petite hache à double tranchant accrochée au mur attira mon regard. Je m'en saisis.
Les soldats interrogèrent le marin. Il expliqua avoir pesté contre la barque mouillée près de son bateau parce qu'elle allait le gêner pour se dégager du quai. Issessinak lui avait reproché de s'être mis à cet endroit. Il s'était défendu en précisant qu'elle n'était pas là la veille. Issessinak avait alors vu scintiller des rides autour de la barque. Il avait compris que quelqu'un avait bougé à l'intérieur. Aktoras arriva.

– Toutes les portes sont gardées. Il est toujours à l'intérieur, mais cet entrepôt est l'endroit idéal pour se cacher. Nous allons avoir du mal le débusquer. Il faut faire vite. L'activité du port va bientôt reprendre et nous ne pourrons plus bloquer les issues.

Nous nous répartîmes sur la largeur du bâtiment pour le ratisser en battue. L'intérieur était une succession de magasins, tantôt de grandes pièces encombrées de marchandises, tantôt des couloirs donnant accès à plusieurs réduits. Avec cette multitude de cachettes, aux seules lueurs de nos torches et de la lumière lunaire venant des lucarnes, nous pouvions passer à un pouce de lui sans le voir. Nous parcourûmes quatre fois toute la longueur du bâtiment, en vain. Le ciel commençait à blanchir au levant et les premiers débardeurs arrivaient sur le quai. Nous arrivions au bout de notre dernière battue lorsqu'un soldat fit un signe à Aktoras. Un ballot de laine paraissait avoir été basculé volontairement pour dissimuler l'entrée d'un escalier menant à un sous-sol. Aktoras, un soldat, Théodossis et moi y descendîmes, laissant un garde en haut. En bas de l'escalier, deux couloirs s'enfonçaient de part et d'autre dans une complète obscurité. Aktoras partit d'un côté avec le soldat, Théodossis et moi de l'autre. Le couloir donnait accès à des petites caves servant de débarras. Seule l'idée qu'il puisse nous échapper me donnait le courage d'entrer dans ces réduits noirs comme des fours. Plusieurs fois, les ombres portées par ma torche sur les murs me firent sursauter. Soudain, j'entendis des cris et un bruit de lutte. Je revins en arrière. De la lumière venait d'une des caves. Je me précipitai. Issessinak s'apprêtait à frapper Théodossis, à terre, recroquevillé sur lui-même. Il suspendit son geste.

– Toi ?

Il éclata d'un rire nerveux.

– Enki et Utu sont avec moi. Je vais vous envoyer tous les deux en enfer.

Je ne pouvais détacher mon regard du poignard ensanglanté.

– Tu vois le sang de ton compagnon. Viens, approche que j'y mêle le tien.

– C'est toi qui vas aller en enfer. Cette cave est le seul palais que tu mérites. Tu vas payer ta trahison.

Il fit un pas en avant. Je poussai un hurlement, de rage autant que de terreur. Ma hache le frappa en plein visage. Il lâcha son poignard. Il essayait de parler mais, la mâchoire fracassée, il ne parvenait qu'à émettre des grognements intelligibles. Sidérée, je regardais la scène, comme absente de moi-même, sans aucun souvenir d'avoir lancée la hachette. Aktoras entra accompagné d'un soldat. Pendant qu'ils le maîtrisaient, me reprenant, je me précipitai sur Théodossis. Il suffoquait en se tenant le ventre. Il murmura.

– Tu l'as eu, tu l'as eu.

– Ne parle pas. Montre-moi ta blessure.

En hurlant de douleur, il parvint à se tourner. Il avait une plaie profonde au côté gauche. Je déchirai un vieux sac de chanvre pour faire une boule de charpie que je mis dans la plaie.

– Appuie là-dessus autant que tu peux. Je vais chercher un moyen de te sortir de ce trou à rats.

– Nous allons le remonter, me dit Aktoras, nous le mettrons sur un chariot pour que tu puisses l'emmener au dispensaire. Pendant ce temps, surveille Issessinak. S'il bouge, tranche-lui la gorge.

Il était défiguré. Sa joue pendait, sanguinolente, laissant voir ses dents. Je lui remis la peau et la mâchoire à peu près en place en les maintenant avec une bande de chanvre. Il me lançait des regards de chien enragé, se tortillant pour essayer de se dégager de ses liens.

– Cette fois, c'est la fin. Tes dieux t'ont abandonné. Dans quelques jours, tu passeras devant tes juges et tous ceux que tu as torturés et tués seront vengés.

En regardant ce monstre pitoyable, je ne ressentais rien, ni joie, ni haine. Il ne méritait pas un instant de plus de mon attention.

Aktoras avait réquisitionné une charrette pour transporter Théodossis. Face à l'urgence, il l'avait fait partir aussitôt au dispensaire de Kamaljia. Avec l'aide de deux soldats, ils remontèrent Isssessinak qui semblait maintenant près de perdre conscience. Dehors, le soleil levant illuminait les quais déjà encombrés par la cohue des débardeurs chargeant et déchargeant les bateaux. Ce premier jour de liberté et de paix retrouvées pour le peuple hattiante s'annonçait radieux.

Lorsque nous arrivâmes à Kamaljia, la rumeur nous avait précédés. Une foule nous attendait à l'entrée de la cité, criant sa haine et jetant des pierres et des tessons sur la charrette où gisait le tyran. Sur tout le trajet jusqu'à la Maison Centrale, les soldats durent repousser les gens avec leurs lances pour les empêcher de le dépecer sur place.

Nous n'eûmes pas à nous donner la peine de le juger. Ses blessures au visage se gangrenèrent et, malgré les soins qui lui furent prodigués, il mourut deux semaines après sa capture. Sa dépouille pendue par les pieds fut exposée sur la Place Centrale. Les habitants demandèrent qu'on le jetât tout de suite aux vautours tellement le spectacle les répugnait. Nous voulions tous oublier au plus vite autant le monstre lui-même que le mal qu'il nous avait fait.

§

ISSASARA

Le temps que Théodossis se rétablît, nous devions rester à Kamaljia. Comme à Opsjia, j'en profitai pour m'occuper des enfants perdus. On nous en amenait de nouveaux tous les jours. C'était sans fin et cela me laissait très peu de temps pour Théodossis qui, immobilisé, commençait à trouver le temps long. Finalement, bien qu'il pût difficilement se lever, il profita du départ d'un bataillon hattiante pour retourner à Dawo auprès de Mélina. Fatiguée d'entendre toute la journée les enfants geindre et pressée les retrouver, je commençais à m'organiser pour partir lorsque Furumark m'envoya un messager. Il me demandait de le rejoindre à son quartier général. Il cherchait sans doute à se retrouver à nouveau seul avec moi, mais je me sentais capable de résister à ses avances et, moi aussi, j'avais envie de le revoir.

À mon arrivée, il était en réunion avec ses officiers et cela se passait mal. On l'entendait dans tout le bâtiment. En entrant dans la pièce où je l'attendais, encore rouge de colère, il se laissa tomber dans un fauteuil. Hors d'haleine, il lui fallut un moment pour se reprendre.

– Ma reine ! Merci d'avoir répondu à mon invitation, beauté parmi les têtes noires.
– Je suppose que je dois prendre cela comme un compliment. Mais tu parais très contrarié. Qui t'a mis dans cet état ?
– J'avais donné des ordres pour que les divisions restées à Kunisuu se replient à Dawrometo, comme l'ont fait celles d'Opsjia et de Kamaljia. Leur présence dans la cité est mal vécue par les habitants. Je veux que notre armée retourne le plus rapidement possible à Mycènes. Mais Iorgos « n'a pas eu le temps de s'en occuper ». Comme s'il avait autre chose à faire que d'exécuter mes ordres ! Je ne le supporte plus. Je m'en débarrasserai dès qu'il sera rentré à Mycènes.
– Si tu m'as fait venir pour avoir mon avis là-dessus, je te rassure : ce n'est pas moi qui t'en empêcherai.
– J'ai autre chose à te demander.
– Pas de t'épouser, j'espère. Sinon, tu connais ma réponse.
– Qui sait ce que l'avenir nous réserve ? Mais il ne s'agit pas de cela non plus. Opsjia est administrée par un homme de Iorgos. Je veux que l'on rétablisse un matriarcat hattiante au plus vite. Ce n'est pas à moi de m'en charger et, en plus, je dois partir à Mycènes. Là-bas aussi, ils sont incapables de régler les problèmes sans moi. Mon chantier est à l'arrêt. Je pars après demain pour au moins deux ou trois semaines.
– D'après son âge, Mère Lu-Namhani a dû désigner celle qui doit lui succéder.
– Avant la guerre, elle avait pressenti deux jeunes femmes sans dire laquelle elle choisissait. Mais peu importe. Elles sont

beaucoup trop jeunes. Dans l'état où est la cité, il faut quelqu'un de solide, pas une novice... Quelqu'un comme toi, par exemple.

– Je vais déjà rencontrer les deux filles que la Matriarche avait désignées. Après, nous verrons.

– Réfléchis : elles n'ont aucune expérience ; si tu en choisis une, tu seras la seule à pouvoir lui dispenser la formation dont elle aura besoin. Cela durera des mois. De là à prendre la place toi-même...

Dans un monde comme le sien où les rois s'emparent des cités, de gré ou de force, il aurait eu raison. Je lui rappelai qu'en terre Hattiante, une Matriarche ne s'installe pas à la tête d'une cité qu'elle ne connaît pas et où personne ne la connaît.

Il insista :

– C'est dommage. Avec deux cités détruites par la guerre et deux autres ensevelies sous les cendres, je ne suis pas sûr que toutes vos règles soient encore de mise. Tu pourrais apporter beaucoup au peuple hattiante en prenant la tête d'une grande cité comme Opsjia. Et rappelle-toi nos projets : ce serait la première étape.

– Je ne peux pas régler cela par moi-même. C'est aux quatre Matriarches en activité de décider. Je vais en parler à Mère Ninkilim.

Il persista à essayer de me convaincre. Il soutenait qu'une autorité unique sur Kephti serait la meilleure solution pour la relever et pour animer les relations entre nos deux peuples. J'avais du mal à contredire ses arguments, mais une telle remise en cause du principe de la Grande Fédération me semblait impensable. Bien sûr, il s'empressât de me couronner de Reine de Kephti. Si cela ne me plaisait toujours pas, il réussit à me troubler en me faisant une description très réaliste de notre futur royaume. À l'heure de se quitter, il revint à des attentions plus romantiques auxquelles je m'attendais et que je repoussai affectueusement. Il me fit promettre de réfléchir pendant son absence et, de son côté, il me promit de revenir rapidement pour que nous poursuivions la construction de notre empire.

§

Avant son départ, Furumark chargea un escadron qui rentrait au camp achéen de la Mesaraa de me raccompagner à Dawo. Seule et confortablement installée, je pouvais enfin penser à autre chose qu'à la guerre et à ses désolations. « La guerre est finie ! » J'étais obligée de me répéter ces mots pour me forcer à y croire. Sans nous en rendre compte, nous nous étions habitués à cet enfer. D'une urgence à l'autre, nous n'existions plus que dans l'instant présent. Mais la tyrannie était vaincue et la guerre était bel et bien finie. Pour la première fois depuis quatre ans nous avions de nouveau un avenir.

Je grimpais les dernières coudées du chemin conduisant à Dawo en souriant malgré moi. Plus que quelques pas et j'allais retrouver Mélina, Théodossis, mes cousines et tous les autres. Au passage, j'eus la surprise de voir le poste de surveillance que nous avions installé avant la guerre gaiement décoré. Je reconnus immédiatement la patte d'Isthar. Dawo se préparait à fêter la libération de Kephti.

Au village, l'accueil des gens fut étrange. Ils me saluaient gentiment, se disant ravis de me voir de retour mais sans plus d'effusion. Lorsque j'essayais de leur parler, ils écourtaient la

conversation. À la maison, je trouvai d'abord Isthar et Ninlil qui jouaient avec Mélina dans le jardin. Théodossis se reposait en haut. Elles se précipitèrent sur moi. Mélina écarta ses tantes avec force pour que je la prisse dans mes bras. J'interrogeai Isthar sur le comportement des villageois. Elle ne répondit pas.
– Nous t'attendions avec impatience. As-tu remarqué toutes les décorations que j'ai installées ?
– Une fois de plus, tu as fait des merveilles. C'est magnifique. Mais ...
– Nous préparons une grande fête pour célébrer la libération. Personne n'aurait voulu commencer sans toi. As-tu vu Sin-Andul ?
– Pas encore.
– Il faut que tu ailles le voir. Il nous a demandé de te le dire dès ton arrivée.
Théodossis apparut, amaigri mais souriant et en bien meilleure condition qu'à Kamaljia.
– Quatre femmes autour de toi ! Tu ne vas pas t'ennuyer, lui dis-je.
– J'espère qu'elles vont bien s'occuper de moi. N'oublie pas que suis un grand blessé.
Il ajouta, lui aussi :
– Isthar t'a dit ? Il faut que tu ailles voir Sin-Andul. Je crois que c'est pressé.
– Ce qui est pressé, c'est que nous profitions de nous. Je le verrai demain.
Le soir, j'évoquai la question de notre retour à Ios. Avant l'explosion, nous projetions de nous installer à Hattiarina. Cela

convenait pour nos métiers et c'était assez proche de Ios pour que nous pussions voir la famille de Théodossis. Après l'explosion, lorsque nous étions partis pour Kephti, nous pensions revenir nous installer à Ios. Maintenant, avec la communauté d'Urukinea rassemblée à Dawo et avec les projets de Furumark, je ne savais plus quoi penser. Tout restait à faire. J'envisageais difficilement d'abandonner ce que nous avions eu tant de mal à reconstruire, tout en craignant qu'il fut difficile pour Théodossis de s'installer si loin des siens. Pourtant, lui-même me dit :

– Je pense que nous devons rester à Kephti. À Ios, tu t'ennuieras et à la longue tu me reprocheras de t'obliger à y rester. Tu as beaucoup plus d'avenir ici, à Dawo, près d'une grande cité comme Payto.

– Et toi ?

– Pour moi, la mer est la même partout.

– Tu ne crains pas de t'installer en terre étrangère et loin de ta famille ?

– Je ne suis plus vraiment en terre étrangère, tu sais. Mes frères d'armes sont Hattiantes. Quant à ma famille, avec Isthar et Ninlil, j'en ai aussi une partie ici. Ios n'est pas si loin. Nous pourrons y aller et mes parents pourront venir nous voir.

Il était sincère, mais j'avais l'impression qu'il ne disait pas tout.

Le lendemain, je me rendis à Payto, accompagnée de Sin-Andul. Il prétendait ne pas savoir pourquoi Mère Ninkilim voulait nous voir avant de lancer les festivités. Elle nous accueillit chaleureusement.

– J'étais impatiente de te voir, Asiraa. Nous ne pouvions pas fêter la victoire sans notre héroïne. Car tu es bien notre héroïne. Grâce à toi la Grande Fédération des cités hattiantes va revivre.
– Je vous remercie, Mère. Il est vrai que j'ai mis toutes mes forces contre le tyran mais je pense surtout aux soldats hattiantes et achéens qui ont donné leur vie pour que nous retrouvions notre liberté. Ce sont eux nos héros.
– Je vois que la guerre ne t'a pas changée. Tant mieux. Voici pourquoi je t'ai fait venir. Lorsqu'ils ont appris la fin d'Issessinak, les rescapés d'Hattiarina m'ont envoyé une délégation. Ils voulaient évoquer la possibilité de fonder une nouvelle cité sur le domaine de Payto.
Je n'avais aucun doute sur la personne à l'origine de cette démarche. En dépit de son caractère fantasque, Isthar n'abandonnait jamais ses idées. Mère Ninkilim poursuivit.
– Avec un courage admirable, ils se sont rassemblés, ils ont reconstruit leurs habitations et ils vivent à nouveau en communauté. Maintenant, ils veulent conjurer le sort qui s'est abattu sur eux en faisant renaître leur cité.
En un instant, je fus renvoyée à Urukinea, dans l'office de Mère Innana, en train de fixer la frise, le ventre noué. Après toutes ces années, le destin allait me reposer la même question.
– Je les comprends et je souhaite accéder à leur demande. Plutôt que de bâtir une nouvelle cité, je leur ai proposé d'émanciper le quartier Dawo pour en faire un matriarcat à part entière. Ils ont accepté. Évidemment, je leur ai alors demandé qui ils voulaient choisir pour Matriarche. Ils savent à qui ils doivent d'en être là.

Alors ils veulent que tu continues à les guider sur la voie où tu les as remis.

À l'époque, je ne voyais pas pourquoi Mère Innana voulait m'écarter de ce que j'aimais faire. Pour m'aider à le comprendre, elle avait eu l'idée des stages dans la cité. Ils m'avaient permis de rencontrer l'homme de ma vie, mais pas de me donner envie de devenir Matriarche. Ce jour-là, je me sentais portée par les habitants de Dawo, par Théodossis, par Furumak, par Isthar et même par les Mycéniens. J'étais prête parce que je savais ce que je pouvais leur donner.

– Tu ne dis rien. Tu veux y réfléchir ?

– C'est inutile, Mère. C'est avec une grande fierté que j'accepte l'honneur qu'ils me font.

– Même si ton silence m'a fait un peu peur, je n'en doutais pas. Il ne te reste plus qu'à leur annoncer ta décision et le nom de Matriarche que tu as choisi … et à fêter cela avec eux. Mère Innana serait heureuse de voir ce que tu as accompli. Elle ne s'était pas trompée. Comme elle, je suis sûre que tu seras une bonne Matriarche. Et qui sait ? Peut-être me succéderas-tu. Cela te permettrait de réunir à nouveau Payto et Dawo.

J'allais protester, elle me coupa.

– Nous n'en sommes pas là. Il y a autre chose de plus pressant qui me préoccupe. Kunisuu et Opsjia sont toujours sous administration mycénienne. À Kunisuu, Iorgos n'évacue pas ses troupes et il se comporte déjà en gouverneur de la cité. Je le soupçonne de vouloir s'installer à Kephti.

– Il ne pourra pas rester. Furumark m'a confirmé qu'il le ferait revenir à Mycènes. Il m'a même dit qu'il comptait le révoquer.

– Nous ne pouvons pas prendre le risque. Pour restaurer la Grande Fédération, nous devons rétablir les matriarcats de toutes les cités, et aider les Matriarches de Chaminjia et de Dikta à faire renaître leurs cités.
– Vous pouvez compter sur moi, Mère et je sais que nous pouvons aussi compter sur Furumark.
– Nous nous reverrons plus tard pour engager nos actions. Fêtons d'abord la libération de Kephti et la naissance de la cité de Dawo.

§

Sin-Andul réunit tout le monde sur la Place Centrale pour annoncer officiellement la nouvelle. Les mots « notre cité » déclenchèrent explosion de joie. Ils criaient, pleuraient, chantaient. Puis ils se mirent à scander mon nom. Par grands gestes Sin-Andul leur fit comprendre qu'il voulait reprendre la parole.
– Je partage votre enthousiasme pour la naissance de notre nouvelle cité et pour la désignation de notre Matriarche. Mais nous ne pouvons plus l'appeler du nom que vous scandez. Asiraa doit maintenant nous dire le nom de Matriarche qu'elle a choisi afin que nous puissions lui témoigner notre confiance dans les formes de notre tradition.
J'avais passé toute la nuit à chercher un nom et à préparer mon discours. Je ne me souvenais plus de rien. L'intensité de leur attente me paralysait. En face de moi, tenant Mélina dans ses bras, Théodossis m'encourageait du regard. Mes premiers mots s'étranglèrent dans ma gorge. Il vint près de moi et me murmura :

– Mélina veut te dire quelque chose.

Il l'approcha de mon oreille. Elle me chuchota « Tu es belle, maman. » Les larmes me montèrent aux yeux. Je savais qu'ils le voyaient. J'en profitai pour me lancer.

– Comme vous pouvez le voir, je suis très émue. À cause de Mélina, … et surtout à cause de vous qui me faites le plus grand honneur pour une Hattiante. La reine Nanaya avait fui son pays ravagé par la guerre pour venir à Hattiarina fonder sa nouvelle cité. Nous, ce sont les fureurs de la nature que nous avons fuies et, comme elle, nous allons fonder notre cité. En mémoire de ces temps auxquels ceux d'aujourd'hui font écho, j'ai choisi de prendre le nom de la première Matriarche d'Urukinea. Elle se nommait Issasara.

Aussitôt, ils déclamèrent en cœur l'accueil traditionnel de la nouvelle Matriarche :

– Longue vie, sagesse et clairvoyance à Mère Issasara.

Ensuite, j'eus juste le temps de leur annoncer que j'avais demandé à Sin-Andul d'être mon Intendant Général. Je pensais poursuivre en les avertissant sur les lourdes tâches de reconstruction qui restaient à mener et, surtout, sur les difficultés à craindre quant aux relations entre les Hattiantes et les Mycéniens, mais la liesse avait déjà mis le feu à la Place Centrale. Pendant trois jours et trois nuits, Payto et Dawo fêtèrent ensemble la libération de Kephti et la naissance de notre cité.

§

Avec Mère Ninkilim, nous décidâmes de convoquer une conférence réunissant les Matriarches en activité et l'état-major mycénien à Kephti. Furumark étant toujours à Mycènes, notre interlocuteur ne pouvait être que Iorgos. Nous eûmes toutes les peines du monde à le rencontrer. Soit nos messagers étaient éconduits sous prétexte que le rawateka était en déplacement dans une autre cité, soit on leur faisait une réponse évasive, promettant qu'il se rendrait bientôt disponible. À force d'insistance, il finit néanmoins par céder. La conférence se tint à Gortunjia. Après nous avoir fait attendre une bonne heure, Iorgos entra, sans s'excuser pour son retard et en nous faisant comprendre que nous le dérangions. Je devais parler en premier mais j'étais tellement exaspérée que, pour ne pas risquer de provoquer un incident, je préférai laisser Mère Ninkilim prendre la parole. Plus diplomate que moi, elle commença par exprimer la gratitude du peuple hattiante envers l'armée mycénienne puis elle adressa les remerciements des Matriarches au roi et à son rawateka pour leur implication personnelle dans la victoire sur la tyrannie. Ensuite, sans transition, elle enchaîna avec fermeté sur la question de la mise en place des Matriarches d'Opsjia et de Kunisuu.

À partir de là, il n'y eut plus moyen d'obtenir quoi que ce fût de clair. Dès qu'il allait être question de fixer des dates, Iorgos se lançait dans un discours-fleuve sur les difficultés de gérer une armée dispersée dans tout Kephti, sur l'insécurité qui perdurait en raison de soi-disant fugitifs des troupes d'Issessinak ou sur la nécessité d'attendre le retour de Furumark. Il avait toujours des explications pour justifier l'impossibilité de s'engager. Au milieu de ce flot de faux-fuyants et de mensonges, il ne manquait pas une occasion de répéter, avec une mauvaise foi sans retenue, que tous les engagements pris par Furumark seraient respectés.

Cette insupportable conférence me fit comprendre que, dès nos premiers entretiens à Mycènes, Iorgos avait vu l'opportunité que pouvait lui offrir un débarquement à Kephti. Son attitude fuyante n'était pas seulement un trait de son caractère, c'était l'application d'un plan calculé de longue date pour s'installer sur l'île. Maintenant il nous ignorait et il se comportait comme le gouverneur de Kephti. Je ne comprenais pas que Furumark nous laissât seuls face à ce général sournois dont il disait lui-même vouloir se débarrasser. Je me sentais trahie. Il m'avait fait miroiter des projets grandioses et, sitôt rentré à Mycènes, il était passé à autre chose.

Ayant appris que Iorgos était à Opsjia, je m'y rendis seule avec la ferme intention de m'expliquer en tête-à-tête avec lui. Arrivée sur place, je fus choquée de voir de nombreux miliciens armés dans les rues. Pourtant, lorsque j'interrogeai les passants, personne ne se plaignait de leur présence. Certains s'en disaient même rassurés et, à propos de l'absence de Matriarche dans leur cité, ils se contentaient de supposer que ce serait temporaire. Manifestement, Mère Lu-Namhani leur avait laissé un si mauvais souvenir qu'ils n'étaient pas pressés de la remplacer. Trois années combats et de destructions avaient épuisé tout le monde. On pouvait de nouveau travailler, élever ses enfants et faire la fête avec ses amis. Les rues étaient animées, avec toutes leurs échoppes ouvertes et bien garnies. C'était quelque chose qu'ils avaient craint de ne plus jamais revoir. Ils voulaient avant tout en profiter. Je déambulais ainsi, perdue dans mes

interrogations sur cette passivité lorsque je me retrouvai encadrée par trois miliciens m'enjoignant de les suivre. Une heure plus tard, j'étais en face du rawateka.
– Tu aurais pu t'annoncer, en arrivant dans ma cité. Une Matriarche qui entre en catimini, avoue que c'est plutôt curieux. Et pas très diplomatique.
– Je ne savais pas qu'Opsjia était ta cité. Je vois aussi que tu ne connais toujours pas les Hattiantes. Chez nous, tout le monde circule librement, quand il veut et où il veut.
Comme à son habitude, il se répandit en justifications filandreuses auxquelles il ne croyait pas lui-même. Lorsque je le relançai sur la question du matriarcat d'Opsjia, il évoqua à nouveau de soi-disant troubles causés par des partisans d'Issessinak restés dans la cité. Il m'assura que, le moment venu, il ferait appel à moi pour choisir la nouvelle Matriarche. Cherchant à le déstabiliser, je lui proposai un entretien avec lui et le roi lorsqu'il reviendrait.
– Furumark ne reviendra pas.
– Je ne te crois pas. Il m'a juré qu'il reviendrait.
– Le roi est mort.
C'était comme s'il m'avait donné un coup de poing en pleine figure. Je ne pouvais qu'essayer de retenir mes larmes pour lui cacher mon émotion. Il fit l'effort de me donner quelques détails.
– C'est arrivé peu de temps après son retour à Mycènes. Il travaillait avec ses architectes. À la fin de la réunion, en se levant pour quitter la table, il a été pris de douleurs à la poitrine et il s'est écroulé. Il est mort dans la nuit.

§

Quelques mois plus tard, lors d'une visite à Mère Nanshe, je pus constater que Kamaljia s'était elle aussi beaucoup améliorée. Les camps de réfugiés avaient diminué et les grands bâtiments avaient retrouvé leur splendeur. Les bains avaient même été reconstruits. La Matriarche m'expliqua que Iorgos l'avait beaucoup aidée. Il avait envoyé des dizaines de soldats et des centaines d'esclaves pour restaurer les bâtiments endommagés, reconstruire le port et réparer les bateaux. Dans les campagnes, il avait fait déblayer les cendres pour que les paysans pussent retourner sur leurs terres. Évidemment, elle était satisfaite. Quand je lui fis remarquer qu'il n'avait toujours pas rétabli les matriarcats de Kunisuu et d'Opsjia, elle leva les yeux au ciel.

– Que veux-tu y faire ? Les gens ne sont pas mécontents, tu sais. Il n'y a plus de problèmes d'approvisionnement et les commerces travaillent plus qu'avant grâce aux garnisons mycéniennes. À Dawrometo, le chantier du comptoir mycénien est bien avancé. Des bateaux venant de Mycènes arrivent déjà avec des marchandises.

§

De fait, à Mycènes et dans toutes les contrées d'Argos, l'ouverture commerciale de Kephti et l'accès vers l'Égypte ne tardèrent pas à être connus. Les commerçants affluèrent et toutes les cités profitèrent de ce regain d'activité. Finalement, cela ressemblait à ce que nous avions projeté, Furumark et moi, et je me disais que nous allions peut-être connaître à nouveau mille ans de paix et de prospérité. Malheureusement, au jour où j'écris ces lignes, trente années plus tard, je crains qu'il n'en soit rien. Ce que certains redoutaient lorsque nous envisagions de faire appel à l'armée de Mycènes est arrivé. À Opsjia et à Kunisuu, des quartiers entiers sont devenus exclusivement mycéniens. À Dawrometo, le comptoir qu'avait projeté Furumark est à l'image de la citadelle de Mycènes : une forteresse austère et fermée, habitée uniquement par des Achéens. Iorgos a mis tous les ports de Kephti sous sa coupe et il impose des redevances aux étrangers qui viennent faire du commerce sur l'île. Il a amassé une richesse immense et, en plaçant dans les cités des administrateurs à ses ordres, il a dépossédé les Hattiantes de leur destin. À Kunisuu, il s'est approprié la Maison Centrale pour en faire un palais plus grand et plus richement décoré que celui de Mycènes. Il n'y a plus rien de l'esprit hattiante dans ce bâtiment bariolé et prétentieux. Cette richesse exposée sans retenue attise rancœurs et jalousies mais Iorgos n'en a que faire. Lorsque les gens protestent, il envoie sa milice faire cesser le dérangement. Il continue à corrompre Achéens et Hattiantes pour étendre son emprise, sans se soucier des tensions qui s'accumulent. Sa succession suscite déjà des rivalités féroces dans son entourage. Vaincu par l'âge ou par ceux qui convoitent son pouvoir, il ne sera bientôt plus là pour dominer la meute. Je crains que Kephti ne connaisse alors à nouveau de grands malheurs.

§

Que nous est-il arrivé ? Les ravages de l'explosion d'Hattiarina ont permis à Issessinak de s'en prendre au peuple Hattiante, puis à Iorgos de s'installer sur nos terres. Une mauvaise fortune semble s'être abattue sur nous. Pourtant avant l'explosion, Opsjia et Kunisuu n'étaient-elles pas déjà dirigées par des Matriarches à l'esprit corrompu. Issessinak ne cherchait-il pas déjà à mettre Kunisuu sous sa coupe ? L'histoire des peuples est autant celle des humeurs imprévisibles de la nature que celle des velléités de leurs gouvernants. L'explosion d'Hattiarina, les actions de chacune des Matriarches, ma rencontre avec Furumak, la folie tyrannique d'Issessinak, la soif de richesses et de pouvoir de Iorgos, ont façonné le destin des peuples hattiante et mycénien. Nous avions rêvé, Furumak et moi, de prolonger et d'étendre ce que la reine Nanaya avait fondé. Peut-être n'était-ce plus possible. Le peuple hattiante ne connaîtra plus jamais l'harmonie qu'il a vécue pendant mille ans, parce que le temps change les choses et les êtres, insensiblement mais sans relâche.

Il en va de même pour le destin de chacun. Ce que j'ai accompli, je le dois à la confiance de Mère Innana, à la chance d'avoir été épargnée, à l'exemplarité de Mère Nanshe, au courage de Nin-Gula, aux rêves et à l'affection de Furumak, à la mémoire de Ninissina, à la fidélité de Sin-Andul et, par-dessus tout, à la force, à la constance et à l'amour de Théodossis. Pour rien au monde je n'aurais voulu une autre existence que celle que j'ai vécue auprès de lui. Le sort m'a pris presque toute ma famille et tous mes amis. Il s'est rattrapé en me permettant d'aimer, tous les jours, toutes les heures, jusqu'à chaque battement de mon cœur, l'homme que je voulais auprès de moi.

À mon tour, je serai bientôt vaincue par la maladie qui a emporté Isthar, ma cousine bien aimée, ma sœur. À l'approche de mon départ pour la Grande Ville, je me souviens de la petite fille qui peignait des fresques et qui préférait vivre ses élans amoureux plutôt qu'affronter le destin que lui annonçait Mère Innana. Elle a échappé à l'explosion d'Hattiarina. Mais elle n'a pas survécu à la catastrophe. Elle n'était pas préparée à affronter le mal tel qu'il lui est apparu. Elle en ignorait jusqu'à l'existence. Alors, pour ne pas disparaître tout à fait, elle a accepté de devenir Issasara, cheffe de guerre puis Matriarche.

Arrivée au terme de mon existence, je ne crois toujours pas qu'il y ait aucun dieu pour m'accueillir ou me juger dans la Grande Ville. Je suis seulement certaine d'y retrouver tous ceux que j'aimais et qui m'ont été enlevés en un jour.

§

ÉPILOGUE

À la fin des applaudissements enthousiastes suscités par l'exposé d'Yves Duguy, Aristote Kondopoulos reprend la parole.

– Merci, merci ! Je suis heureux que vous appréciiez autant le remarquable travail d'Yves. Je pense que nous n'avons pas fini d'en découvrir les conséquences. Pour conclure ce congrès, je voudrais revenir sur le message que Mère Issasara, sentant sa fin approcher, a souhaité laisser aux habitants de la Crète.

– Elle avait 17 ans lorsque Santorin est entrée en éruption. D'après les indications qu'elle donne dans ses mémoires, on peut estimer qu'elle devait avoir une cinquantaine d'années à son décès. Si l'on admet la date de 1628 avant J.-C. pour la catastrophe, cela signifie qu'elle est décédée vers 1594 avant J.-C. Elle n'a donc pas connu les destructions dont on retrouve les traces dans la plupart des cités crétoises et que l'on date généralement de la deuxième moitié du XVè siècle avant J.-C., soit quelques décennies après sa mort. Elle évoque néanmoins une situation qui nous permet d'imaginer ce qui a pu se passer.

– Les tensions entre les deux communautés, attisées par des conflits de clans après la disparition du dictateur Iorgos, ont pu dégénérer en une guerre civile. Knossos (Kunisuu) était la

résidence du dictateur mycénien. Le fait qu'elle ait été relativement épargnée semble indiquer que c'est elle qui est restée le centre victorieux de ce conflit, mettant ainsi la Crète entre les mains des seuls Mycéniens pour les siècles suivants.
– Nous arrivons au terme de ce congrès. Pour le conclure, je souhaite donner la parole à celle qui a sauvé la mémoire de son peuple. Écoutez ce que Mère Issasara a tenu à dire aux habitants de la Crète, il y a un peu plus de 3 600 ans.
Fidèle à son sens du spectacle, Aristote avait fait réaliser par une comédienne un enregistrement audio du testament d'Issasara. D'un signe en direction de la régie il en lance la diffusion. Une voix de femme résonne dans toute la salle. Ceux qui ont commencé à bavarder se taisent d'un coup. Aristote lui-même est visiblement surpris par l'émotion que lui suscite la voix si présente de Mère Issasara.

Moi, Issasara, fille d'Eanatum et de Nin-Dadda, née Asiraa dans la cité à jamais disparue d'Urukinea, Matriarche de la cité de Payto, à la veille de mon départ pour la Grande-Ville, j'adresse ici mes derniers vœux au peuple de Kephti.
À l'aube du deuxième millénaire de son existence, le peuple hattiante a été frappé par des calamités naturelles presque insurmontables. Le perfide intendant Issessinak a cherché à en profiter pour l'asservir à sa tyrannie. J'ai alors demandé secours au roi Furumark, prince de la cité de Mycènes. Grâce à lui, l'immonde traître a été vaincu et sa carcasse a été jetée sur la montagne afin que les vautours emportent en enfer le plus petit lambeau de sa chair.
Aujourd'hui, attisées par l'avidité du rawateka Iorgos, les rancœurs et les jalousies entre les peuples achéen et hattiante grandissent chaque

jour, laissant à nouveau présager le pire. Ne vous faites pas prendre dans les filets de la haine. Comme toutes choses, Iorgos et son esprit avide disparaîtront. Ne soyez pas jaloux de ses richesses et de celles de ses valets. Pour leur dernier voyage, ils devront les laisser sur les rives du fleuve Hubur. Profitez pleinement de ce que vous offre chaque jour notre terre et soyez-en satisfaits. La seule richesse que vous pourrez emporter dans la Grande-Ville, c'est l'amour que vous aurez reçu en retour de celui que vous aurez donné.

Que ce testament soit distribué à Kephti dans chaque foyer, hattiante ou achéen. Je le fais graver dans nos deux langues, afin que chacun puisse y trouver les mots qui permettront aux deux peuples de vivre en paix.

FIN